黄河口的庄稼

郭立泉 著

山东文艺出版社

谨以此书,回报这片大地的恩典,守望庄稼叶脉上的乡村记忆,展现五谷天然的美丽和久远的善举,向渐远的农耕文明深情凝眸,也向生命的诗意和庄严致敬。

自序

缱绻与守望

在黄河口的原野上,我和一片庄稼并肩站立。我的这些五谷兄弟,在《诗经》里被称作黍、稷、菽、麦、稻,而且都长得有模有样,我喜欢两千多年前这些葳蕤生姿的句子:

  自古有年
  今适南亩
  或耘或耔
  黍稷薿薿
  …………

——《诗经·小雅·甫田》

上中学后,地分到了各家各户。我成了十足的劳力。河子西、大坝外、四场洼,都是我的汗水挥洒之处,几年里,我饱尝体力劳动的艰辛。锄完地,在草桥沟里濯洗完黝黑的臂膀,站在河岸上，望着遥远的天边，年少的我心事浩茫。

直到现在，我心中还藏着这片土地上的许多未解之谜。种过高粱的地里，为啥蛇就特别多？蛇为什么要蜿蜒着身子走路？它要是直着走路会不会就真的散了骨架？白蛇是不是最不能惹？我的同桌立成是不是真的因为让那条白蛇数清了多少根头发而被收走了魂？河子西的黄鼬回家时是不是真的还顺着它来时的路？谷子地里母刺猬一身的刺如何让那只公刺猬和它相好？……

这些问题搞不清楚，丝毫不影响我对河子西的热爱。走在河子西的土路上，各种庄稼列队相迎。这可是只为我一个人举行的阅兵式。

生于斯，长于斯，对土地，对大地上的庄稼，我不是一般地喜欢。这么说吧，你对初恋情人多么喜欢，我对黄河故道上的这些庄稼就多么喜欢。望一望玉立在阳光下的高粱、向日葵，我的心跳就开始加速。

种庄稼是辛苦和寂寞的，但又是快乐和释放的。有时，看着一地的豆子，心里发怵，但真要弯腰锄地或者躬身收割，咬牙坚持干完了，心里就会有一种别样的畅快，更加体会到"眼是草鸡毛，手是好家伙"。挥汗如雨的经历，是我心中难忘的痛点，也是难得的乐点。很庆幸我受过那十几年的苦和累：耕作，是我生活的必修课，也是我独享的美学课；是我的青春露营地，也是我的远航起锚地。

庄稼，这些贴着大地胸膛的尤物，我的父辈们视若珍宝，年年盼着风调雨顺，五谷丰登。在不明不白的雾里，不论是高如玉米、芝麻，还是矮如豆子、花生，从不娇贵自己的身子。她们都心甘情愿地打开花蕾，捧着果实，把最艳丽的珍宝无私奉献出来。除了把她们一身的诗意写出来，我还有什么选择呢？黄河口的庄稼养活了我的生命，黄河口的庄稼活儿锻炼了我的体魄，黄河口的庄稼地里生长着我的亲情、乡情和诗情。远离庄稼的日子里，高粱风情的倩影总在我的眼前摇曳，谷子长长的睫毛时时把我的笔尖撩拨。冥冥之中，有个声音对我说：表达你的爱，回望你的成长，享受收获五谷带来的快乐。——我是他们培育时间最长的庄稼！大地上，我曾和那些庄稼一同生长；现在，我想把这些庄稼，种在我的文字里。——写写黄河口的庄稼，展现它们美丽的风姿，让麦穗、谷穗、高粱穗们，在我的文字中婆娑起舞，回眸躬耕陇亩的苦乐岁月，是我挥之不去的一个梦。用一本书，回报这片大地的恩典，向渐远的农耕文明深情回眸，也向生命的诗意和庄严致敬。

无论如何，我不能辜负草桥沟对我的滋润，正如我不能辜负文字对我的喂养。我想让一些渐渐湮灭的东西在我的文字里复活，并让这些庄稼牵着我的手，溯游而上，回到故乡。

我的归乡路上，铺满了漫漶的黄土，模糊而馨香。我想拽住故乡的衣襟，但我拽不住它——那渐瘦的沟水，那渐稀的庄稼，那渐颓的老屋，那渐少的亲人！我的乡愁，还能留得住吗？

发表于《山东文学》的长文《黄河口的庄稼》，是全书的概述。然后，我从陆上写到水里，从吃的粮食作物写到穿的棉花,每篇都融入了我的深切感受和思考。在每一种庄稼里,我都写到了我的一位亲人。这并非刻意为之,而是因为生活的原貌就是如此。我的爷爷奶奶、爹娘、兄弟姐妹,还有我的乡邻,都将陆续出场。我呈现,就是在庄稼的丛林中穿行。玉米挺着饱满的棒穗,芝麻努着粉红的花嘴。庄稼,这些河子西根深叶茂的美人,争相奔涌到我的笔下,一地庄稼在雪白的纸上绿意盎然,姗姗可爱。

虽然如此,我无意美化特定年代农业的落后、虚化社会嬗变时期农村的巨变、诗化农民异常繁重的劳作。但我也不想遮蔽五谷天然的美丽和久远的善举。我一生都不会改变对庄稼怀有的那份感恩,不敢忘却田间劳作给我的教益。在物欲至上的年代,有多少美好的东西正渐行渐远,又有多少金贵的东西正在慢慢消失。我尝试用文字切入这片土地的深处,写出生命难以言说的疼痛与快感。

搭乘这些文字回乡,去寻找故乡的月亮。月亮啊,你这贴在故乡胸口的一枚纽扣。草桥沟两岸,月光下的庄稼们举着肥绿的手掌,发出阵阵欢呼。我每一次归乡,庄稼总是远远地迎到村外,一路招摇,摇出我满眼的泪水;我远足时,庄稼又一路相送,用沙沙的离曲,牵着我的衣襟。

说到底,这本小书是一种还愿,也是向生我养我的那片土地交的一份答卷。因为工作繁忙,这些散文都是在晚上写就的。凌晨三点,写到了《地里站着的是我娘》的结尾:"一看到地里站着的玉米,就想起娘,想起寒夜里棒子瓤橘黄的火焰,想起那种此生再也不会显现的温暖。"关上台灯,把自己藏在黑暗当中，望着黄河对岸那片苦难而多情的土地，我心里默念：又交了一篇作业，故乡，请您审阅啊！

芝麻—我想住进你的香囊…119

地瓜—深埋在地下的诱惑…129

绿豆—蛙鸣一直喂着我的耳朵…145

黄豆—我数数你长了多少只耳朵…157

小杂粮—豆儿们…173

水稻—你是水做的身子…185

棉花—暖我一生…201

后记—生命的根部…223

目录 Contents

自序—缱绻与守望…1

引子—黄河口的庄稼…1

谷子—最是那一低头的温柔…41

麦子—田畴中你柔媚的身姿…53

玉米—地里站着的是我娘…65

高粱—大地上那片摇曳的风情…79

长果—蔓子下的情事…97

向日葵—没办法，只有爱…109

引子

黄河口的庄稼

与一坡庄稼深情对视

太阳,在夜色中洗浴完,爬上扶桑的巨枝,不紧不慢地晾干身子,准时光临黄河口的大地。四百万年了,黄河这条世界上含沙量最大的河流,每年都要把十几亿吨泥沙抛入大海。当她深情地回望一眼北中国的土地,一头扑进渤海的怀抱,身后淤积出的处女地,每年年底一盘点,都要以万亩计。在地球上这片最新鲜的原野上,太阳伟大的巡幸日复一日,永不失约。数不清的庄稼以身相许,数不清的草木欢呼雀跃。

在历史的远点,爷爷正与一坡庄稼深情对视,她们优美的丰姿、饱满的果实和馨香的气味,让爷爷的目光温柔而执着。她们有着一堆妙不可言的名字——谷子、麦子、大豆、高粱、玉米、水稻、绿豆、白豆、小豆、芝麻、花生、葵花、地瓜、豆角、南瓜、冬瓜、白菜、萝卜、棉花——这些上苍赐予的尤物,奉养着百姓苍生,快意生长在这片不断延展的土地上。

在黄河口，在利津县付窝乡探马桥村的西面有两条河沟——一河子、草桥沟，两条沟中间的土地，乡亲们叫河子西。河子西，这是一片多么丰饶而富有诗意的土地。在这片土地上，百草丰润，五谷茂然，万虫欢唱，狐兔撒欢。

探马桥是由前探马桥和后探马桥两个自然村组成的。现在的人都图省事，连叫个名字也使懒，前探马桥成了前桥，后探马桥成了后桥。

我们前桥村的庄稼地都在村西头。出村走过一片不大的盐碱地，就是能长庄稼的西大井了。一听西大井的名字就知道，这里有一口水井。沾了这口水井的光，前桥村就有了一个像模像样的菜园。如果你以它为圆心，以百十步为半径，就画出了我们村的瓜菜园。这里是我童年最有诱惑力的地方，还没等瓜熟，在那片紫穗槐的掩护下，一群小光腚猴一次次向着瓜园匍匐前进。看园的尚八爷的鼾声真真假假，很多时候，我们还没得手，就被拧着耳朵从瓜地边上提溜出来了。

瓜园的南边是一条东西走向的沟，向西一直通到草桥沟。沟南边是我们称作配套方的水浇地，那可真是个好地块啊，麦子一镰下去割不透。沟北面是插花地，依次是六十亩的高老三地块，四十亩的郭成义地块，再往西就是一河子沟坡上大片的荒场，茅草、蔓草长得又高又密，这里长虫（蛇）也多，孩子们一般不大敢走这里。爷爷领着我去这人迹罕至的地方，说草越厚的地方好东西越多，你看这些蘑菇，都是打雷震出来的，你看这些老鸹枕头，又大又嫩，正好吃哩。我在爷爷的絮叨声中，欢快地摘着老鸹枕头，脚下突然飞起一只鸭蓝，吓了我一跳，我叫道，爷爷，鸭蓝！还有鸟蛋！爷爷看了看窝里的四只鸭蓝蛋，又指了指空中盘旋凄叫的鸭蓝说，你看把它急的，它孵窝孩子不容易，别动它呀，河子西不能少了鸭蓝叫。说着领我走进了河子西大片的河沟地。

爷爷曾是河子西当之无愧的王！

满沟的庄稼簇拥着他，遍野的生灵呵护着他，成群的鸟儿环绕着他。有事没事爷爷喜欢在河子西转悠，奶奶说，你看你爷爷背着个手在地里转的样子，多像个领导干部。爷爷的胡子就会一翘一翘的，好像说是啊是啊，腰板也挺得更直了。

在他那一辈十四个郭家老兄弟中，爷爷排行老大，本字辈，用温良恭俭让的第一个字为名。人如其名，爷爷温良和善，老老少少喜欢他。爷爷生于一九一〇年，历经大清、民国、新中国，兵荒马乱的事见得可真不少，但除去闹鬼子那几年，他都在侍弄河子西的庄稼。奶奶是利津县盐窝镇尚氏人家的缠足女子,那时的小脚女人大都没有自己的名字,只把婆家、娘家的姓连起来叫某某氏,但奶奶却有个挺有学问的名字,叫尚芝芸。奶奶踮着小脚,为爷爷馇了一辈子小米稀饭,生了两男四女。爷爷喜欢喝小米稀饭,端着个大海碗说,你奶奶馇的小米稀饭上火候,就是好喝,然后呼啦啦喝一大口。

爷爷虽然不会说"朝耕及露下,暮耕连月出",但他好像种地有瘾,"带月荷锄归"是常有的事。爷爷种地很讲究,耩地之前,总要把地耙得平平整整,他说,麦子不怕草,就怕坷垃咬,人不能糊弄地,人误地一时,地误人一年啊!他个子高,嗓门大,一说话就像和人吵架,六十多岁时,我老远还能听到他吆喝牲口的声音,穿过一片片庄稼地传过来,那声音浑厚辽远,底气十足。从我穿着红肚兜开始,爷爷就好带着我去河子西,那里有许多好吃的等着我,洋茄子、枸杞子、老鸹枕头,这些野生的果子我一弯腰就能摘到;想吃花生、地瓜,得爷爷亲自去扒,他怕我扒了那些还没熟的,糟蹋了庄稼;想吃烧熟的东西,就得等爷爷在谷子地旁点起堆火,燎豆了、烤玉米、烧蚂蚱的香气弥散开来。单身汉小懒佾赶着一鞭羊过来了,鞭子甩得啪啪响,还念叨着:"前桥,后桥;季家屋子,薄家窑。"

爷爷一边往火里添着谷秸,一边说,馋猫鼻子尖啊。小懒倌嘿嘿笑着直接来到火堆旁,用鞭杆拨拉出一块地瓜抄在手里。爷爷说,别烫着呀,潮巴蛋。小懒倌仍是嘿嘿笑着,两只手倒腾着烤地瓜,唱着撵羊去了:"小小子,坐门墩。俺娘不给俺说媳妇……"

爷爷对我说,长大了给你说个谷子一样的媳妇,然后指着河子西说,看,这些谷子全是我们村的。听到爷爷这句话,一坡的谷子点头称是,密密实实的谷子上,那些鸟儿笑得花枝乱颤。

爷爷最疼我,喜欢让我骑上他的脖子,在村里转悠,看大戏,赶年集。赶付窝集时,要经过汪二河、崔家庄、崔范三个村。这三个村和我们村同属一个大队,分成了五个生产队。赶集的路上,爷爷驮着我边走边念叨:"一队里穷啊,二队里富,三队里穿着豁裆子裤,四队里喝面汤,五队里趴在锅沿上……"

虽然那年月各个队里都穷,但他念叨起来,还是恁儿得好像我们四队真的整天能喝上面汤一样。

爷爷还有一项发明温暖了我一生,一到冬天他就喜欢把我的光身子包在他的棉袄里,把我的两条小腿扎进他的老棉裤腰里,我和爷爷脸靠着脸胸贴着胸,爷爷手伸进怀里摸一下说,嘿,小鸡这么硬!指望你种地守祖怕是不成。这时我顺便把尿撒在爷爷裤筒里,爷爷就会咧着豁了门牙的嘴,说童子尿热烘烘,那缕山羊胡在冬天的风里抖个不停。

现在,爷爷已长眠在河子西,老人家坟前的那棵树,已过了三十八个清明。

亲亲的河子西

河子西,是我生命中的应许之地。它在草桥沟和一条老河的中间,有红土也有沙土。老河的东边地碱,而河子西却是难得的好地,种啥啥长,满洼的庄稼翻波涌浪。这里是前桥村庄稼的集散地,是我童年的游乐场。

或许幸福本来就不需要广袤无边,只需要河子西那么大的地方。

我的个头跟着庄稼一起长了起来,胸脯上慢慢鼓起了蒜瓣子肉。扛上锄头的感觉真的不错。刚一出村,蝴蝶就跟上了我,要和我一起去看我的庄稼。布鞋踩在河子西的小路上,踏实而欢快。路边的蔓草上,两只螳螂正在配对。我蹲下身子看了一会儿,它们爱得忘情,连理都不理我。我荷锄前行,一路的庄稼夹道欢迎。为体现公平,我乐意在每一种庄稼前逗留一段时间。我走到哪里，哪个防区的蚂蚱就蹦来蹦去。蝈蝈伏在草叶上吹着长笛，蟋蟀趴在草荫下打着拍子，翠鸟在苇尖上跳着芭蕾。

我对这种欢迎仪式非常满意，风裹着庄稼的清香吹来，我解开扣子，打开青春的身子承接着黄河口无忧的风。河子西的云朵走得很慢，天空那么蓝，空气那么爽，仁厚的大地妙笔生花，丰润的庄稼硕果满枝。真喜人。

庄稼们搔首弄姿，我无法拒绝。蚂蚱们长长的复眼透着灰亮的光，河畔的土拨鼠东张西望，云雀在空中唱着二黄调，头顶的燕子们花言巧语。真欢畅。

和一棵玉米眉目传情，品一株谷穗韵味悠长，看一只豆虫在叶子上极速逃遁，一颗少年的心随一枚草叶心旌摇荡。真带劲。

在雾的清晨检视我的庄稼，任露水打湿裤角，那凉湿的感觉沁人心脾。蹚起一路飞虫，看蚂蚱安子从这个草枝努力跳向另一个高枝，激动的稗草在风中乱颤。真漂亮。

看蜜蜂随心所欲地经停一支支蜜蕊，蝴蝶不受任何指摘地拈拈这朵花、惹惹那棵草，随心让玉米在静夜中拔节，任意让少年维特的思绪笼上原野，听遍野的纺织娘活络着在夜幕下求欢。到了后半夜，我在河子西的窝棚内，支棱起耳朵听窝棚外的土拨鼠在叫：木人（没人），木人，木人。没人，就出来玩儿吧，它这是在呼叫另一只母土拨鼠出来一起嗨吗？真激动。

沙沙沙，一种美妙的声音由远渐近，雨落在庄稼的青枝上，不同的庄稼发出不一样的欢鸣，所有的穗子都欣喜，所有的叶片都畅响，一地翠绿的嘴巴都在深情诉说，玉米头上顶着秀美的红缨，高粱叶吹出悠然的长调，不管我愿不愿意，轻轻漫上我的脑门，又幽幽地散开去。真好听。

任深秋的风摸上我的屁股，眼看着婆婆丁的花絮离我越来越远，飞到梦的天边。真惆怅。

每次来到河子西，我都有一种久违的温馨，时间越长这种温馨的感觉越浓。站在河子西的沟崖上，望着乡恋缠绕的前桥村，有种想哭的感觉。

我的河子西，这庄稼诸神巨大的婚床。在这个我梦想长出浅芽的地方，不光是庄稼，还有许多东西长在我的记忆里。那些不用照料就兀自茂密的茅草、热草、节节草、蒿子苗、福子苗、曲曲菜、灰灰菜、吐噜酸、谷莠子、苍子棵，那些喜人的刺猬、黄鼬、仓老鼠、地猴子，还有那些活跃在绿草间的蟋蟀、蚂蚱、蜥蜴、蚂蚁、蜻蜓、蝴蝶，还有那些不见天日的蚯蚓、蛴螬、蝼蛄，在河子西这片原野上,它们共生共存,和满天星斗、一地庄稼乐享天年。

河子西,是爷爷传给我的调色板。我要在大地上调出五颜六色的乡愁,给爷爷看。我的乡愁地瓜一样酡红,高粱一样深红,玉米一样深绿,小麦一样金黄。

春种

一粒鸟鸣倏然落在我的头顶,大片大片的阳光叫醒了蛰伏的虫子。万能的春风又一次吹过河子西。那些欲望的花蕾啊,在和煦的风中,没法不轻启娇嫩的唇。

那年我上高二,停学在家。爹的生命时光已所剩不多,躺在炕上与死神做着最后的较量。

初春的高老三地头,我正吆喝着一头驴把腔调进犁套里去。尽管收获是未知的,但耕种却是年年必需的。我卸去冬装,一手扶犁,一手握鞭,准备开犁。黑蛋在一旁看着我说,不用教,一看这架势,是个种地的好把式。我也奇怪,有些农活不用学,我看看就会。比如剜高粱苗子,三锄为一棵高粱苗端出一个窝来;比如脱坯,三脚踩出一个厚薄均匀的土坯来;比如今天的耕地,虽是初次,一插犁就像模像样,在驴使脾气不走正道时,我能自如地晃动犁扶手左翻右抠，把地犁得到边到沿。

对我而言，这是男子汉成长过程中的一个大礼，一种人生必修，一次对土地庄严的叩问。

犁铧开处，土浪翻滚，我家的庄稼地像一把久等的折扇，款款打开自己。这些地块，自己不会挪地方，从我爷爷的爷爷开始，一辈辈，一年年，每年至少要翻耕一次，周而复始，生生不息。现在，它又散发出新鲜的土香，让土香拱到了我的鼻子眼里，亲切馥郁，受用无比。我干脆把鞋一脱，光脚踩在犁沟里，凉沁沁的湿土抱着我的脚，没这么舒服的！

过了惊蛰节，农人不得歇。河子西的鸟叫声就是从事农桑的集结号，歇息了一冬的泥土，在等待我播种五谷。这个时候，你不要轻易把一粒种子撒到地里，种子是土地的精灵，只要一钻进土里就开始生命的萌变。它先躺好身子，舒舒服服睡个小觉，快活地打个滚儿，睁开惺忪的睡眼，轻轻探出令人心疼的小脑袋。你没办法，只有任它长。

爷爷说，种瓜得瓜，种豆得豆，种下仁义善心就得仁义善心。人这一辈子，和泥土算不清的账。人原本就来自泥土，长成泥土一样的颜色。一日三餐，吃着从泥土里长出的庄稼，又一年年种着庄稼，经过春种秋收的轮回，百八十次地把庄稼放倒之后，最终人又被岁月放倒，回归泥土，被泥土收留。现在，爷爷长眠在不远处的郭家老坟，偶尔向我发出耕耘的指令。

不同的地块，我种上了不同的庄稼。那个春天，我惦记着庄稼的苗情，一遍遍登上草桥沟崖的高处，接受庄稼们的报到。它们一垄垄，一行行，长得高高低低，绿得深深浅浅，春玉米精精神神的样子，让我更深地理解了一个词：盎然。爷爷在地上种出庄稼，庄稼又养活爷爷，养活爹，养活我，养活深重的苦难和连绵的幸福。在河子西的庄稼之上，彩云缭绕，群鸟翔集。我是那只不知疲倦的鸟儿，用殷殷的啼叫，倾诉着对黄河口庄稼的无限感恩。春天，庄稼们用绿色的情书向大地示爱；秋天，它们用金黄的果实证明着生命的尊严。这些有情有义的庄稼呀！

在草桥沟宽宽的沟沿上，一片片青蒿、珠珠棵长得正起劲儿。庄稼和各种草木平起平坐，你长你的，我长我的。谷子地旁，那些茕然独立的野花，在河子西为我一个人静美地绽放。娘说我背着个手在庄稼地转悠的样子，很像爷爷。

夏耘

太阳在韩老二皮鞭的驱赶下，慢腾腾地升起。

夏天来了，万物开始疯长。草桥沟边，麦浪推着麦浪，玉米扶着玉米，款款向我走来。这些禾本科的植物，虽然生命只有一季，却是如此丰盈美丽。

所有的庄稼都是爷爷的孩子。但对这些孩子，爷爷并没有做到一视同仁，比如对小麦，他有点偏心眼。从选种、精耕、耙平、耩地，到浇水、收割，爷爷都一丝不苟。麦子的生长期又最长，从秋后耕种，冬天孕育，到春天生长，夏天收获，爷爷一趟趟往麦子地里瞅。

麦子终于硬仁了，爷爷采几穗，在河子西沟沿上给我燎燎，吃得我嘴上长了一圈黑胡子。燎麦子的清香，啥时想起啥时让人流口水。爷爷说，蚕老一时，麦熟一晌。可别等麦子炸了头。八成熟，十成收；十成熟，两成丢。等麦子十成熟了再割，就会焦了头，一碰就掉在地里了。

枣花的清香溢满了院子。爷爷不住脚地忙，泼场，碾场，磨镰，浸要子（草绳），站在六月的边缘焦急地张望。芒种三日见麦茬，他念叨着："麦黄梢，累断腰。"三秋不如一夏忙，抢收麦子的时节，连饭都是在地里吃。麦子，在一把镰刀的抚慰下，齐刷刷地躺倒，在热烘烘的大地上做梦。这十几天的时间里,爷爷连睡觉都要在麦子地里了。

等着阳光被爷爷垛进了麦穰垛,家翅儿(麻雀)就呼啦一片飞下来,蹦蹦跶跶啄拾那些遗落的麦粒儿。晚风沉醉的时刻,星星经常看见少男少女钻到麦穰垛的深处,去感受麦穰的温情。

麦子热热闹闹地退场之后,在麦茬中点种的夏玉米兴致勃勃地登场了。一地的新麦茬望着玉米翠绿的叶子急匆匆地往上蹿,演绎着生命的接力。其实不光夏玉米,在这个炎热的季节,在这短促的生长季中,黄河口的庄稼昼夜兼程。

爷爷稼穑的兵书传到了我的手上。娘提前在玉米根处抓上了炕洞土,一场透地雨后,玉米一下子蹿高了一大截,在河沟地里挺着墨绿的身子,像十八岁的姑娘,楚楚动人。

从初中开始,我就成了干活的主力,拾草剜菜,割苇子脱胚,耕耘耙耩,锄地收割。每个周末我都要回家,扛上锄,拿上镰,到草桥沟边上,挥霍我青春的体力。每到农忙季节,一放麦假、秋假,我更是整天长在庄稼地里。庄稼活累是累,但可以让我暂时脱离学业的重压,又强健了我的体魄。经过一个假期的劳作锻炼,返校后,我明显感觉到小腿肚子变粗了，手劲变大了，和同学掰手腕，练体育的同学都不是个儿。

要不是惦记着十五级一班那个漂亮女生，上学对我也没多大吸引力。有时在课堂上听课，我老是想着我的庄稼。又一个周末来临，放学后我从利津二中徒步回家，走过草洼子桥，一地的庄稼站满了河子西，呈散兵队形聚拢来。我开始为我的庄稼喊队，一声令下，他们立马站成翠绿的方阵，那些老鸹瓢趴在沟沿上，身上郑重地开满了白色的小花。

小路细细的身子，在黄沙中弯曲，在高粱地里扭来扭去，一条小蛇扭着细腰拱到小路上，顺着车辙蜿蜒上一小段，昂起头，吐了吐信子，看到我的小黄狗来了，哧溜一下钻进了路边的草丛。

六月六，看谷秀。这个时节的河子西暖风浩荡，庄稼满坡——抛花的大豆，初秀的谷子，打包儿的高粱，拐把儿的玉米，一如我久别的恋人，身披素霞，青翠欲滴，深情地向我奔来。

大地静美如诗，庄稼缤纷呈祥。我搂着一条河，和一地的庄稼谈情说爱。大地上这些摇曳的倩影，虽然挪不动脚，却是我一往情深的恋人。

我一头拱进庄稼地里，一周未见的庄稼手舞足蹈。

闻着庄稼的清香，我说不出地欢悦。日上三竿时，我身后已锄了一大片地。满天的阳光倾泻下来，把我稼穑的岁月染得灿烂无比。在黄河口，每一种庄稼都会说话。爷爷就喜欢和谷子唠叨，嫂子经常和一地豆子私语，我则激动地等待玉米夏夜里吱吱的表白。这些美妙的叠音词，澎湃着黄河口旷野上生命的激情。

一九八五年的夏天，我孑然站在草桥沟崖上，望着利津二中的方向，内心有说不出的滋味。父亲去世已三个月，我停学也有些日子了。想起正坐在教室里听课的同学，忧伤濡湿了我的双眼。一地庄稼望着愁眉不展的我，沟里的水缓缓流向远方，发出轻轻的叹息。

几年来，困苦的家境，繁重的农活，加上紧张的学业，使我身心劳瘁，我深切体会到了贫困之家的艰辛。但父母的教养，书籍的浸润，使我明白自强不息对我这种苦孩子来说的金贵。苦难，对于强者，是一笔财富；对于弱者，才是无底深渊。超强劳动，让我腰身粗壮；阳光暴晒，使我皮肤黝黑。我就是河子西坡里的一匹小马驹，几本书刊是我爽口的草料，一地庄稼是我青春的伴侣。分到我家的地，每一块每一垄，都被我的锄印丈量过；每一株庄稼，都被我的汗水浇灌过。奋力锄地时，汗水出了一身又一身，从额头上流到眼睛里，杀拉得眼火辣辣地疼。为了出活,我一出村就是一天,午饭都是在地里吃。锄了一天地,我浑身每个骨节都在酸痛。终于到了地头,我艰难地直起腰身,炙烤我一天的太阳,已走到了草桥沟的那边,变得温情脉脉。晚霞柔丽得像被水洗过一样,让人一下子想起少女的红唇。晚风拂过我的身子,吹干了一天的汗水,身上结晶了一层细细的盐粒子,手上的血泡磨破了,钻心地疼,我吮吸着自己的手指,有种欺住农活的快感。望着披满余晖的庄稼,我发誓,是个男人,就要像棵高粱一样,坚毅地站立在草桥沟岸边。

《圣经》上说:"你必终身劳苦,才能从地里得吃的。"土地,是我们的命根子;庄稼,是土地最美的产品。所有庄稼都是美的,耕种庄稼也是美的,虽然劳作是那么辛苦。从小学到高中毕业十几年的光阴里,我阅读书籍,也阅读大地。

有风吹过,一地的玉米开始莫名地激动,谷子妩媚的身子起起伏伏。我大口享用着植物的清香、身上的汗香和水草的馨香。晚霞中的红蜻蜓一掠而过,它们应该听到了我哈姆雷特式的诘问——上学,还是种地,这是一个问题。

"日之夕矣,牛羊下来。"前桥村的黄昏来临了。只有在乡村,你才能感受到真正的黄昏之美。晚风送来儿乖子纯净的叫声,狗儿们在夕阳下追逐,韩小五家的黄母牛在村路边舐犊。蜂蝶翩跹,虫鸟齐鸣,原野上这种免费的演唱会天天开场。炊烟从一家家的烟囱上升起,这是女人召唤男人回家的信号。我用鞋底把锄印上的土一点点搓净,扛起锄头往前桥村走去。锄钩,钩着一缕晚霞。

晚霞中,朦朦胧胧看见爷爷又背着手转到河子西来了。他抬头瞅瞅日头,又望一眼坡上密密实实的庄稼,咬开一粒高粱米看看成色,对视察的结果非常满意,好像说,不错不错,是郭本温的孙子,不错。然后像喝醉了酒,身子歪歪拉拉走到谷子地边嗷哧嗷哧地轰鸟,却也没见轰起几只鸟。

那些鸟儿们到哪个地方开会去了呢?

秋收

瓦蓝瓦蓝的天扣在河子西的上面。

金色主宰了平原。玉米开始硬仁儿,高粱开始晒米,地瓜把脊子撑开了纹,花生做起了重见天日的梦。爷爷望望挤在草桥沟岸上的棉花说,咋听不到小懒倌唱了?

刚说完，小懒偦的歌声就和一群羊一起漫过来："夏收麦子秋收棉啊，也有吃来也有穿啊……"

　　草桥沟里的水一直在我的生命中涌动不息，这河里流淌的苦难和快乐，时时在我心里泛起粼粼波光。两岸丰腴的土地年年享受着它的润泽。秋汛时节，水裹着庄稼的香气静静高涨。兔子瞅着遍野成熟的庄稼，在河岸上撒欢；田鼠一边不停地挖窝储藏着过冬的粮食，一边唱着："龙生龙，凤生凤，老鼠的孙子会打洞。"河里的水有说有笑地流向远方，两岸的庄稼，聚成难舍的方阵，注视着渐行渐远的水花，不肯散去。

　　草桥沟崖上搭起了一个窝棚。每天晚饭后，我都要到河子西看坡。一路上，一会儿哼首歌，一会儿背首诗，自己给自己壮着胆。我围着玉米地转了一圈，在老渠边的草窝里捡到了一只蘑菇。爷爷说过，蘑菇一般不会只长一只，果然，在附近草丛里我又拨拉出三只来。我脱下汗衫，把蘑菇兜起来，坐在沟边的珠珠棵上，听蛐蛐起劲地鸣叫，不时有鱼跳出水面。夜色中，沟坡的影子温柔地起伏着，夜空如洗，大地静穆，满天繁星在天幕上一一就位，庄稼在我的河子西亭亭玉立。田鼠、刺猬按时出场，它们是我忠贞的伙伴。我想起我和花儿那年在这草桥沟边，傍晚时逮瞎碰（一种昆虫，捉了喂鸡），也是坐在这片珠珠棵上,听鱼儿跳水,一沟的蛙鸣漫上来,我俩说着话,谁也不想回家。现在,夜风又送来庄稼的密语,地猴子欢快的交合声如约响起。露水浓了,我拱进窝棚,点亮马灯,把蘑菇放在头边,躺在谷秸搭起的草铺上,读着路遥的小说《在困难的日子里》,听到了眼泪滴在谷秸上的声音。夜的深处,我把青春的绿梦请上幽幽的草铺,枕着一地虫声,闻着蘑菇的香气,沉沉睡去。

睡梦中,爷爷又来了。又是一场透地雨,爷爷领着我去拾茅窝窝。茅窝窝偷偷长在烂茅草根处,一窝窝、一丛丛像星星一样闪烁。爷爷说,别看这些小蘑菇长得不出息,好吃着呢。我指着一堆驴粪蛋喊,爷爷,这上面有好多蘑菇!爷爷看了看说,这上面长的是狗尿苔,别看长得鲜亮,光中看不中吃。我很吃惊,这么好看,不好吃?爷爷说,好吃不好吃可不能光看表面,做人、交朋友也一样,要交里外一样、心眼子好使的,多和仁义孩子玩儿,挨着好树长人参,挨着茅房长狗尿苔。

半个下午,爷爷和我拾了大半篮子茅窝窝,还捡到了一窝白白的刺蘑菇,几只肉乎乎的口蘑。晚饭时分,我们家的老屋里就飘出了阵阵香气。这么多年了,我始终忘不了茅窝窝的香味,忘不了那个午后,草桥沟岸边,茅草叶上，秋雨淋湿的蚂蚱蹦跶着肥重的身子，野菊花托着雨珠在凉风里小心翼翼地摇，蘑菇那些美丽的肉身一闪而过……

当庄稼把艳黄的身子晒在乡邻们渐软的目光里，路上的车辆和行人开始熙熙攘攘，但人间的喧嚣打扰不了庄稼们心中的宁静，风风雨雨它们见得多了。红老姑在芝麻地边唱着：

小蚂蚱，二指长
蹦蹦跳跳过时光
饥困了啃口路边草
干渴了喝口露水汤
刮风下雨都不怕
就怕秋后一场霜

第一场霜后，秋天才更像秋天的样子。秋收和麦收不同，尽管还是忙，但一切变得有条不紊。风趴在我耳边凉凉地说，小子，在我变成冬风之前打好洞，储备点粮食。你看你看，成群的蚂蚁在地上运粮，仓老鼠正忙着把豆粒拖进洞里，燕子在场院里开大会，叽叽喳喳商量去南方的日子，蛐蛐们钻进土墙的深处，乖子的叫声有了越来越多的省略号。

上苍知道我的辛苦，每次秋收，都是祖宗传下来的节日。我们家的毛驴回家时总比上坡时跑得快。庄稼们一路飞奔，离家不远的打谷场里弥散着秋阳的味道。

场院收留了所有的庄稼，也收留了乡亲的欢欣。没有比在场里干活更让乡亲们快活的了。这是庄稼们久等的聚会，也是场把式们愉悦的展演。一直忘不了爷爷当年扬场时的那种意气风发，他光着古铜色的上身，用粗布裤带把老腰一扎，挥动木锨快活地把一行行弧形的诗句甩向天空，一条粮食的山岭在慢慢长高。那只芦花鸡知道这满场的庄稼都是自家的，领着臣民们大摇大摆地来啄食粮食粒子，也啄那些赖在庄稼身上被运到场里来的虫子。爷爷的鞋从远处飞来，鸡嘎嘎跳开去，一转身又回来了。鸡们知道，爷爷就两只鞋，边啄食边咕咕咕表达着不满：老爷子真小气，尽着我吃，一个鸡嗉子能盛多少东西？

先进的收割机用上之前，每一样庄稼都要到场院里躺一躺，懒洋洋地晒晒太阳。场院不偏心，对所有庄稼都一样疼爱，今天搂搂这个，明天抱抱那个，亲不够。豆子、高粱晒了一场又一场，白豆、小豆这些杂粮，也斜着身子躺在场院一角，回忆着河子西那些青葱的往事。

碌碡的声音一天天在村庄里响起。有的夜晚，月亮还能看到场院里晃动的身影。碌碡粗粝的纹理，闪着清冷的光，照着探马桥村忙碌的夜晚。很多个夜晚，我就睡在场院里，不知为什么，我愿意睡在庄稼围拢的场院里，不管有没有月光，不管睡得着睡不着，我都愿意，竖起耳朵，听豆子偶尔发出的爆荚声。我把地排车用几个谷个子一围，一个简易的窝棚就搭成了。我先把谷秸铺平，压上一层厚塑料布，再铺上床褥子，身子一躺，马灯又亮起来了。我这次手里拿起的是贾平凹的《腊月·正月》。窝棚外，我听到一场的豆子在悄悄说话。我和这些庄稼不会厮守多久了，它们的粒子，明天就要走进仓屋里的粮囤了。

当场院里的秫秸攒成了垛，一群群的家翅儿会哄地一下落下来，拾掇拾掇这些剩下的高粱粒儿、谷子粒儿，或者草籽儿。麦场外衰黄的蔓蔓子草蒙上一层白白的霜。秫秸攒的那边，不紧不慢过来一个自行车队，骑车人的背上都斜挎着一杆矛枪，后桥村的"打毛队"出村了，羡慕得我们总要跟着车队追上一阵子。我始终没搞明白，我的乡邻为啥把兔子叫"毛"，"打毛"就是打兔子。还有两个在我们附近村流行的歇后语与"毛"有关。一个是揶揄哪个人傻高兴时，说"打毛的掉了砂子——看欢的你吧"。另一个是调侃哪个人技艺不行又老不服气时,说"徐福真打的毛——差一乎乎"。那时的后桥村,村富心齐,秋后打毛队一出动就三四十人,猎手们身上长长的矛枪管,斜斜地指向河子西的天空。

冬藏

粮食粒儿们静静地住进了囤里,麦场边上长出了一攒攒的秫秸攒,等着孩子们来藏伴母(捉迷藏)。那些麦穰垛、豆秸垛、谷子垛,垛进了我童年多彩而温暖的梦里,星星点点地落在秋后的大地上。它们是乡村温情的胎记。

天渐渐变冷,庄稼地里安静下来,走兽能藏的都藏起来了。锄头、镰刀被挂到了墙上,我的乡邻终于有了时间去忙点庄稼以外的事,走走亲,访访友,赶赶集,喝喝酒。我则跟着黑蛋学会了纺笤帚、钉盖天(锅盖)。

地里那些高尖的庄稼都已经被放倒了,站在草桥沟崖上,公路南的季家屋子,沟西岸的草洼子,都跑到眼底下来了,远远地也能望见十几户人家的薄家窑横在苍黄的天底下。草桥沟里的水很小了,<u>丝拉丝拉羞涩地流着</u>。窄的地方,兔子都能蹦过去。但这个季节,想到河对岸去拾老鸹枕头是找不着了。

我提着一把柴镰,来到沟沿上打棉花柴,棉花地里突然蹿出了一只兔子。我跳起来撵那只兔子,但没撵上。我一把柴镰扔过去,兔子蹦了一下,撒腿跑向沟底,蹦到沟对岸,远下去了。

我又想起了爷爷,爷爷可从不像我这么笨,他不会撵兔子,都是等兔子来。河子西那么大,但兔子好像邪了门,专往爷爷下的套里钻。冬天里,爷爷也带我到河子西捡兔子。下的套上,有时有,有时没有。爷爷领着我和我家的黄狗,在荒场里踩着,黄狗不时这里闻闻,那里瞅瞅。爷爷说,狗有狗道,猫有猫道,你看,这刺蓬棵下,就走过兔子。我看了半天,也没看出门道。爷爷说,冬天,啥也藏啊。兔子不容易,它不像老鼠,深挖洞广积粮,衣食无忧,它要整天在收了庄稼的地里窜,找食儿吃,下了雪,兔子更难。正说着,刺蓬棵底下忽地蹦出一只兔子来。爷爷亮开大嗓门喊道:"兔子,兔子!嗷掐,嗷掐!"黄狗听到喊声,噌地撵了过去。兔子沿着草桥沟跑向了薄家窑方向,狗在后面追,一溜烟不见了。我着急地说,爷爷,咱家那狗回不来了。爷爷说,放心,狗认家,比你还认道呢,逮着逮不着,它都会回来的。

田野空旷了,花草凋零了。但你要说草桥沟两岸冬天啥花也不开，我肯定不同意。冰天雪地之中，连接头段、后郭、老鸹岭、汪二河村的土路上，隔三差五就会有红艳艳的花朵怒放。它们开在锣鼓声和喜洋洋的唢呐声中，在一群抹鼻子孩子羡慕的眼光中，慢慢靠近前桥村，照得整个村子亮亮的。到了晚上，在村子里最红最亮的房子里，会响起兴奋的小伙子们"说盘子"的欢闹声，这种"闹房"仪式让人浮想联翩，我又想起了十五级一班的那位漂亮女生。冬天夜长，小伙子们有的是精力，要闹哄到很晚，吓得老鼠们一整夜吊吊着心。

我家的老屋不大，但还是留出了一里间存放粮食。墙角处放了两只缸瓮，瓮里的粮食一到夜里就能听到老鼠磨牙的声音，但它进不来，瓮底太硬了。爷爷说："缸瓮沿，生铁蛋，光棍鸡巴，金刚钻，这是四大硬。"我听了咯咯笑起来，笑得肚子都疼了。爷爷说："笑啥？小孩子不懂，这都是上讲的。"有那么两年，丰收后的粮食瓮里盛不下，爷爷又不舍得卖，就把粮食堆在炕梢头。炕上白天黑夜基本不离人，真难为了那些整天惦记着粮食的老鼠。老鼠最快乐的时光一直是晚上，但爷爷的鼾声又让它们提心吊胆。有的老鼠偷上嘴粮食就准备随时开溜，但有时还是被爷爷突然抡起的老鞋拍在底下。

其实爷爷和老鼠之间也没有多少深仇大恨。爷爷说，老鼠天生就好偷东西，贼眉鼠眼嘛。它有事没事都要找东西咬着玩儿，老鼠的牙老是不住地长，它就要不住地磨牙，不磨牙，它的牙就长到嘴外边来了。老鼠和黄鼬一样，是仙家，它抬起爪子来就会算，算啥呢？算算哪里有老鼠夹子，哪里下了老鼠药，算得神准。但老鼠有个毛病，记性不好。俗话不是说嘛，属老鼠的，搁下爪儿就忘。你看它抱着两只前爪掐算掐算，算出哪里有老鼠夹子来了，但爪子不能老抱着呀，它要走路啊，一放下爪子还是拱到夹子上去了。

这都是冬天睡在土炕上的记忆。如今，我已不睡土炕二十多年了。爷爷、奶奶、爹、娘已在郭家老坟会合，小懒倌也已埋在河子西边上，不知道那个世界里能不能放羊。

在职场打拼久了，我总是把人不自觉地类比成各种庄稼。看到领导难得的笑唇，就想起轻咧着嘴的芝麻；看到同事慈善的眉，就想起弯弯的豆荚；看到美女修长的睫毛，就想起麦子们风情难掩的麦芒。

满怀疲惫之时，想起我的庄稼，想起一河子边上青青的草地。我想回家，回到草桥沟那棵水蓬花身边，和自己好好谈谈。在这物欲横流、诱惑丛生的年头，和一地庄稼相依为命，终老沟边，是我心中越来越强烈的念头。

黄河大坝外的高尖高粱，四场的大豆，郭成义地里的绿豆，草桥沟岸上的地瓜，还有后桥村前面温柔的谷子，西大井暖心的棉花——我经年累月，与这些庄稼相守，一闭上眼睛，就能闻到她们各自的香气。她们的根须深深扎进我的心里，与我的血管、我的神经纠缠在一起。

给我的庄稼打打捆

风吹来，沙吹来，无边的绿色吹来，一地的庄稼俯仰生姿。在河子西，一株庄稼，就是一曲生命的颂歌。玉米是沉思的诗人，麦苗是春天的信客，高粱是田野的旗手，谷子是谦逊的楷模。暑气渐退，五谷摇壮。草桥沟庄稼渐黄的过程，就是我的幸福指数渐高的过程。梳拢五谷，为河子西的庄稼打打捆，逐一清点我的庄稼，是我生命中难得的好时光。

谷子：五谷之首，模样俊秀。给我找一个谷子一样俊的媳妇，爷爷可真好啊，就凭这一点，我也喜欢爷爷一辈子。可在这件事上，爷爷没守信用，没等我到找媳妇的年龄，爷爷就到另一个世界种庄稼去了。到现在，我等得头发都谢了，也没找上那株谷子。谷子，柔情似水、俊美如月的谷子；谷子，风情千种、仪态万方的谷子。千娇百媚的是你，坐怀不乱的是我。

小麦：庄稼里你最好吃，是因为你在阳光下站立的时间最长，秋种，冬孕，春长，夏收，一年四季，吸大地之灵气，采日月之精华，想不甜美也不行。小麦是庄稼里绝色的美人，站在五月的田畴，风姿绰约。

芝麻：身子最小，数你最香。到处招蜂，悠然流浪。绝不因身微言轻而不去美丽。与世俗格格不入，一生只做一件事，宁肯被抛弃，也独发初香。小嘴呼出的香气，穿过困难的日子，幽幽地传向远方。

花生：把最诱人的部分藏在地下。长生之果，隐忍低调。喜欢死了河子西的那片沙地，你最漂亮的样子，是埋在土里情窦初开的时刻。在老屋的灶台上慢慢升温，品咂着你隐隐的香味，心底的暖意，油油招摇。

豆子：我不知道原产乌苏里江畔的大豆是如何找到黄河口这么个好地方的。豆子你真好，沙土地里能长，红土地里也能长。在河子西，你愿意结几个荚就结几个荚。嫂子说，一只豆荚就是一只耳朵，来，让我数数你长了多少只耳朵。

玉米：总也看不够玉米那模样周正的脚踝，结完棒槌子的玉米，就像一群撒娇的孕妇，腆着肚子，努力往我面前挤。没有比在玉米地里更恣儿的了，青葱的思绪，隐秘的浪漫，和玉米一起自由地拔节。我站在玉米地的东头，张开双臂，承接羞美的霞光。我的身上好像也长满了叶绿素，快活地进行光合作用。我要让露珠在我绿色的手臂上滚动，那些刚刚做完早操的玉米，愣愣地看着我这株新来的玉米，一头雾水。

高粱：大地上婆娑的旗语，原野上高挑的美丽。在所有庄稼里，距离太阳最近。因为长得高，连名字也带上了一个"高"字，身材颀长，风姿曼妙，把一穗穗不老的乡愁高挑在空中，静美而热烈。高粱红向天边，妹妹站在高粱地里，我分不清哪株是高粱，哪株是妹妹。

地瓜：地瓜的诱惑埋在草桥沟沿的深处，在地下到处乱爬。这么多年，地瓜蔓一直和我拉拉扯扯。我有一个梦，就是回到童年，与草桥沟的一块地瓜互诉离情，相拥而眠。

绿豆：姐姐采收庄稼的筐子里，装着的不是绿豆，而是我上学的课本和铅笔。美丽的豆花在河子西各开各的，绿豆荚采了一茬又一茬。厚实的豆叶下，掩藏着关于亲情最丰富的细节。

红小豆：你终生，只能站在一个地方，悄悄地开花，静静地长叶，把绵长的相思，结成长长的角子，风中轻曳，说你爱我。

稻子：以谦逊的姿容，美雅地站立，表达着对水的思念。在黄河口，那种金色的铺排，让我头晕目眩。

风，从春天启程，围着河子西转悠，围着爷爷的胡子转悠。老鹰在头顶打旋儿，兔子在田野撒欢儿。

除了冬天，爷爷都在草桥沟岸边打理他的庄稼。

春天，谷种跟着爷爷来到田上；秋后，谷稞子跟着爷爷回家。冬天，爷爷把一抱抱的豆秸、玉米秸、高粱秸、棉花秸赶进灶膛，发出噼里啪啦的声音，黄昏的老院里弥散着幽苦的柴香。小米饭熬好后，爷爷用火棍轻轻拨拉出一堆火叶子，蹾上一壶地瓜干酒，一会儿，灰烬上的酒壶开始嗞啦嗞啦地响。这是爷爷最喜欢的音乐。酒倒进盅子里，我看着爷爷一小口一小口地抿着，很馋人。爷爷用一根筷子在酒盅里蘸蘸，让我漱么漱么，然后张开缺了门牙的嘴说："酒是粮食精，越喝越年轻。"接着塞到嘴里一根咸菜条，用牙花子嚼搓着，下巴上的胡子跟着一翘一翘的。

种庄稼，并不总是风调雨顺。到上了高中认真种地的那几年，才真正体会到了种庄稼和拉扯孩子一样，时时揪着个心。旱了，涝了，下雹子了，虫子闹翻天了，都会令人焦虑不安。我学会了和爷爷一样，皱着眉头，目光沿着高粱的尖梢去问天，顺着棒子的根须去叩地。

地堾那边，爷爷亮开嗓门唱起来：

说是穷，道是穷

一根扁担两根绳

一头挑着黄须菜

一头挑着干芦蓬

身上披着破蓑衣

腰里扎着茅草绳

窝棚里面铺野草

躺在铺上看星星

盼着啥时不要饭

净面干粮吃一冬

粮食是人们的命根子。没在农村长期生活，没经受过饥荒带来的从生理到心理折磨的人，体会不到粮食的金贵，也不会理解我们先民对一粒粮食的珍爱。我的三爷爷，老在大饥荒的那年，死时肚子里没有任何五谷，用秫秸箔捆了捆埋了。没有棺材，死人那么集中，棺材根本不够用的。其实，即使有，活着的人连抬棺材的力气也没有了。

尽管爷爷、爹都挨过饿，知道歉年的可怕，但都熬了过来。那年下大雨，爷爷望着只露出水面的豆子梢说，庄稼不收年年种，准备点萝卜吧。说这话时，爷爷的目光深邃而坚毅。

没有什么能摧毁苦难大地深处的坚守。

关于河子西，关于草桥沟的庄稼，我有说不完的话。庄稼，是庄稼人的宗教，是一种生命的图腾，也是爷爷写在大地上的诗篇。庄稼离不开乡村抚育，乡村离不开庄稼供养，它们相亲相爱，难舍难分。乡村是庄稼养大的，我连同我的品性也是庄稼养大的。我不老的乡愁，就停栖在那些热烈的庄稼上，逗留在那些静美的叶脉里，潋滟在草桥沟的水光里。

我现在已不事稼穑，只能在回家探亲时，顺便探望一下我的庄稼。我走在路边，它站在地里。大地上色彩斑斓，花草摇曳，迎面扑来一阵阵幽香。看到我走来，它们你推我搡，窃窃私语。一棵高粱趴在另一棵高粱的耳朵上说，看，他就是郭本温家的二孙子。听说，他正在把我们写到文章里去，从我们祖上写起，要把黄河口的庄稼谱写成一首首歌呢……

哪儿能长出爷爷来

云雀从河子西飞过,几声童年的鸟鸣正从高空跌落。

爷爷一辈子在河子西转悠,最后埋在了河子西。童年的我,就是爷爷的小尾巴,爷爷走到哪儿,我就跟到哪儿。跟着跟着,爷爷就老了;跟着跟着,我就大了。节气是爷爷稼穑的兵书战策。当爷爷在郭家老坟就位时,可能不会想到几年之后,读高中的我会认真地把他的兵书复习一遍。只不过,我在耕种时,比爷爷手里多了几本书。在河子西,我读的那些乱七八糟的书,时常在我的生命的拐角处发出幽蓝的光芒。除了不知从哪儿弄来的《中国农学史》,还有《人生》《高山下的花环》《晚霞消失的时候》,一本烂歪歪的《新婚指南》也成了我窝棚里的食粮。

其实,前面有件事我忘了说了。我忘了,爷爷忘不了。那就是每次一打完场,爷爷就会先挑挑拣拣,反复掂量,把最成实的种粮挑出来,分门别类标好了,小麦、高粱、谷子、玉米、大豆、绿豆、花生、芝麻,还有萝卜、白菜、小豆、扁豆、芸豆,一样都不能少。直到第二年,清明前后,栽瓜种豆,爷爷又会按照时令,有条不紊地把这些种子发派到不同的地块里。

令人欣慰的是，我的时令还是爷爷的时令。春种，夏耘，秋收，冬藏。在这片神奇的土地上，青春期的我正在和草木争荣。在河子西，庄稼们次第怀春，各种花粉游荡在空中，整个河沟香气弥漫，直往我的鼻孔里拱，搞得刺猬们也一个劲儿地打喷嚏。

在草桥沟两岸，爱情，从来不是一株庄稼的独舞，而是满沟庄稼的狂欢。

爷爷的黄牛摆脱不了苍子棵蛮横的爱情，粘在牛尾巴上的苍耳子被带到了远离河子西的地方；就像草桥沟畔穿土裤长大的我，尽管走出了乡村，但始终摆脱不了庄稼多情的纠缠。——高粱把俊逸的穗子托向天空，地瓜把块根的诱惑深埋在土里，玉米把雄蕊举到头顶，雌蕊开在腰间，结的棒槌子用一层层纱裙裹起来，谁能告诉我，这是为什么？小麦为啥把芒刺向天空也刺伤人们饥馑的眼？绿绿的棉桃为啥结出的是白白的棉花？芝麻为啥开一次花就长高一截？什么时候整个世界都五谷丰登，各种肤色的人们不再忍饥挨饿？

要破译黄河口人的生命密码，首先要弄懂黄河口的庄稼。黄河口的庄稼是我的父老乡亲用汗水抚育出的孩子。庄稼的味道，从岁月的深处走来，从八月的庄稼地漫过来，从温暖的灶台上散出来，从老屋的炊烟中飘过来。

这些味道引领着我，那些虾酱窝头，那些凉拌黄须菜，那些大锅里热烈的烀地瓜、白豆黏粥，那些小米饭、芝麻盐、韭菜盒子、瓠子咸食，激活了我沉睡的味蕾，每当我闻到这些味道，就像一下子被点了穴，失去了素日的矜持。是的，一闻到黄河口那些坚守的味道我就犯痴。

我一直钟情于那片我耕种过的土地，怀恋那些侍弄过的庄稼。在这个物欲横流、欲望至上的年代，所多的是戾气十足的名利客，所少的是放低姿态的倾听者。随着城市的膨胀，草桥沟岸边，厂子越来越多，庄稼越来越少；食品里的添加剂越来越多，原汁原味越来越少。谁能告诉我一家蒸馍满街香的那股气息飘到哪里去了？大地上那些天然的香味又到哪里去了呢？还有一个更令人不安的事实，爷爷的"向阳红一号"等良种，正在日渐消隐。因为价格和产量的原因，一种来自大洋彼岸的转基因大豆，正在中国的产豆区攻城略地，把爷爷曾经耕种过的那些庄稼逼到了犄角旮旯。

还有那些亲爱的农具，那些被我爷爷、我爹、我的汗水浸透纹理的伙计们，已经蒙尘日久。不断更新的农机，让它们不可避免地遭到了淘汰。它们曾经一年年地和庄稼相亲相吻，而今，我那把锩了刃的镰，那张生了锈的锄，灰头土脸躲在被遗忘的角落里。无数个夜晚，我听到了这些农具深深的叹惋。

迁占小组来到地头时,庄稼们面面相觑,正在抽穗的农作物惊恐不安地望着那些牛哄哄的推土机,芦苇吹着幽怨的曲子,高粱凄凉的身影,将随着隆隆的机械声渐渐远去。它们站立的这个地方,正和祖国大地上的其他地方一样,经受着前所未有的嬗变。

草桥沟边上的人也和庄稼一样,一茬熬一茬。只是前桥村里我们这一茬人种地的越来越少,我的下一代已经没人种地了。琼花姐、红老姑嫁到了异乡,据说常年赶海。花儿远嫁千里,已有三十年没见了。宣东到兖矿集团当工人已二十多年,去年见了一面,喝着酒说起当年下洼锄高粱的那些事,哭一阵笑一阵。雪来成了种粮大户,一到冬天,还是到河子西转悠,沿着兔子道下套,套兔子比有些人种地收入还多。军叔进城开起了馒头房,一天蒸的馒头就够我吃十年八年的。前桥村的人口正在一年年减少。我十岁时,正赶上唐山大地震,那个夏天人们都在屋外天井里睡,家家户户院子里吊着大蚊帐,我从村西走到村东,谁家的鸡窝在哪里我都知道。我数过,那时我们全村三十六户,一百三十九口人。而现在,四十年过去了,我又数了数,三十一户,一百零八口人。村里老人在逐渐离去,年轻人也越来越少,有考上学在外工作安家的,有女孩外嫁的。河子西的土地也正被不断冒出的厂子一口口吞噬。薄家窑已经拆迁了,伴随着令人瞠目的工业化进程,有两个问题明显地摆在那里——我的庄稼种在哪里?我的地谁来耕种?大地上没了村庄,会是什么样子?村庄旁没了庄稼,还会是村庄吗?

不管咋说,我的乡邻现在衣食无忧,房子也越来越好。我想趁村子还在,回到我的出生地,啥庄稼都种上点。是的,城市的柏油路太硬,踩不出足迹;城市的高楼太密,阻挡了庄稼的气息。在城里闻不到青草的味道,望不见晚霞满天时瑰丽的地平线。只有回到村庄,才能亲近一天星斗,坐拥满院凉风。

我想找出我那张锄,甩开膀子在河子西大干一场,我想听一张锄啃土咬草的声音,一直听到太阳偏西,听韩小五唱:

  太阳掉到窝了

  黏粥馇在锅了

  ……

夕阳走到了草桥沟的那边,喜鹊爬上了柳树的绿顶,霞光偎上了庄稼的金身。在河子西疼人的风中，享受着田园中的慢时光，把一本《农政全书》放在丝瓜架下，听听天上的鸟儿说些甚，问问身旁的花儿笑个谁；或者背着手，转到郭家老坟看看爷爷，对爷爷说我怀念那回不去的庄稼岁月。

　　我有一个计划，就是在入列守祖之前，在文字中把爷爷的庄稼再种一遍。我还想在河子西撒一地种子，春风吹过，各样的庄稼翘首以盼，恍惚中一株庄稼说，那不是爷爷吗？他一直在庄稼地里，看青青坡上谷，一岁一枯荣。庄稼们看到爷爷背着手走来时，争相举起嫩绿的叶掌。

　　清明时节，我又到爷爷坟前，我想说，爷爷，你起来，我想和你说说咱家那些庄稼的事。爷爷呀，你说种啥得啥，在河子西，我种下玉米就长出了玉米，种下谷子就长出了谷子，可是为什么，爷爷，我把你种在河子西，地里却长不出爷爷来？

谷子

最是那一低头的温柔

谷子

一年生草本植物,茎直立,叶子条状披针形,穗状圆锥花序,籽实圆形或椭圆形,脱壳后叫小米,是我国北方的粮食作物。

向谷子投去深情的一瞥

　　榆钱黄，种谷忙。当奶奶向布谷鸟清脆的鸣叫投去一瞥，会看到爷爷扶着那张饱经风霜的耧，在郭家老坟的边上开始耩谷。我和姐姐则拉着砘子把耧眼砘实。爷爷边耩谷边念叨着："清明高粱谷雨谷，小满芝麻芒种黍。"节气和农谚是爷爷稼穑的兵书。谷耩完后，爷爷就单眼瞅着，直到把垄眼瞅得钻出一行行细嫩的谷苗，他才舒一口气。

　　爷爷说，盛产小米的地方也盛产美女。黄河口地茬好，出好谷子，也出漂亮女人，不信你看你奶奶。陕北有个米脂县，为啥叫米脂？那里的小米粥上面有层脂肪一样的米油。一筷子夹起来，放到嘴里那个香。"米脂的婆姨绥德的汉。"米脂出美女，貂蝉就是米脂人。是小米的滋润，使她肤若凝脂，貌倾三国，让个吕布神魂颠倒，说到底都是小米闹的。

　　奶奶活了九十六岁，从来没上过地。她颠着小脚，除去为爷爷生了六个孩子，就是给爷爷馇了一辈子稀粥。爷爷喜欢喝小米粥，上顿小米粥，下顿小米粥，今天小米粥，明天小米粥，从来没个够。爷爷喝粥喜欢用大海碗，转着碗沿喝，而且喝出了韵律和节奏，呼啦一口，呼啦啦再一口，然后夹起一小条咸萝卜放进嘴里，嘎吱嘎吱，那声音脆生生的，很馋人。当爷爷把海碗往锅台上一搁，你从碗里再也找不到一粒小米。直到现在我喝粥时仍喜欢发出不文明的呼啦声，请原谅，那都是从我爷爷那儿继承的。尽管世上美食那么多，但我的味蕾一直固执地围着故乡的灶台流连。

黄河口特殊的气候和临河靠海的地理条件，使这里的小米有一种特别的香气。"羊羔羔吃奶眼望着妈，小米饭养活我长大。"在我的家乡，许多产妇都用熬好的小米粥加红糖来调养身子。没娘的孩子只要能喝上小米粥，也就能活人了。

五谷中的精灵

"春种一粒粟，秋收万颗子。"谷子长得小巧可人，去壳后直径仅一毫米左右，因此得名小米。人们干脆用"沧海一粟"比喻事物的渺小。但就是这粮食中身子最小的谷子,却有着超强的生命力。论繁衍后代的能力,谷子在五谷中首屈一指,一粒谷子结出的谷穗上,竟然能数到三千个籽粒。周族的始祖后稷在尧舜时教民耕种,最先种出的庄稼就是"稷"。后来稷被奉为谷神,置于香烟缭绕的供台上,受到上至帝王下到黎民的供奉。每年的六月六日都要祀"谷神",谓之"六六福"。"五谷丰登"是农人千年不老的企盼。

说来也怪,小米虽小,却占据了五谷的首席,其他的粮食都沾它的光,统称"谷物"或"五谷杂粮"。要问"五谷"的准确所指,"五谷不分"的人一定不少。五谷一般指的是稷(小米)、麦、稻、黍(黏黄米)、菽(豆)。玉米虽然籽粒大产量高,但最初的五谷里并没有它,因为玉米是外来物种,明朝时才从墨西哥辗转"移民"到中国。

中国是谷子的老家。考古证明中国黄河流域栽培谷子的历史可追溯至一万年前。谷子是一年生草本植物,喜温耐旱,柱状圆锥花序,籽实圆圆的,黄黄的,每一粒谷子就是一颗太阳,一颗高度浓缩的太阳。诗中有许多青翠的句子是关于谷子的:"大田多稼……与其黍稷""芳草萋萋,粟稷依依。""粟""稷"就是谷子。粟的祖先叫作"莠",也就是狗尾巴草。但经过千万年培植进化的谷子，跟狗尾巴草已有了太多的区别，所以才有了成语"良莠不齐"。

南稻北粟，是老天爷对华夏的恩赐。谷子生于天地之间，沐风饮露，纳地气，收光华，转过身来又哺育人类。小米的蛋白质、脂肪的含量均高于大米，维生素B1的含量更居五谷杂粮之首。小米不仅养育了一个民族，还是中国革命的功臣。"小米加步枪"书写了一部改天换地的神话。面对谷子，我不得不用一种钦敬和感恩的目光去审视它的前世今生。

你千娇百媚的丰姿

乡亲们侍弄谷子就像侍弄孩子。他们很少用"谷子"这个词，就用一个字"谷"，耩谷、薅谷、锄谷、割谷、掐谷、打谷，程序繁杂劳累。一粒谷子从出生到分蘖到恋爱到最后生儿育女，一生就是一部真正的植物传奇。

谷苗三指高，壮汉累断腰。没几个男人愿意干"薅谷"这种活。薅谷就是给谷子间苗。"谷要稀，麦要稠，高粱地里卧住牛。"爷爷在谷子地头边割牛草边说着薅谷要领。谷苗要薅得一样宽，还要找出"隐藏在革命队伍里的阶级敌人"，有一种热草，像极了谷苗，千万别拔了谷苗，留下了热草。说薅谷累，不是说它劳动强度有多大，而是干这活的架势不得劲。因谷苗太矮，弯腰时就几乎一躬到底，腰受不了；蹲着又太慢，时间长了腿脚麻得迈不开步。这是一场枯燥而治人的劳动，壮汉们越急越不出活。所以薅谷大多是一群妇女或孩子在一起干，叽叽喳喳，有说有笑，有的妇女干脆坐在一个小脚床（板凳）上，薅一段挪一挪。间苗的同时，把垄背上的杂草拔一遍，最后地里就只剩一行行嫩绿的谷苗一统天下了。这之后，还要再锄两遍，等谷棵子把地苫起了荫，谷子就显出了她柔媚的丰姿。

在河子西，谷子不是个子最高的，但它是最娟秀的。在我心目中，女儿的美是不一样的，我把她分成了好多种。"美""丽""娇""柔""妩""媚""娟""秀""俊""婉""娴""姗"，各有其类，美不胜收。论温柔，没有一种庄稼能盖过谷子。单说叶子，其他大都粗枝大叶，有棱有刺，唯有谷子的叶子，细长柔软，脾气没那么好的。谷穗子上软密的绒毛，也是贤淑内敛，柔情有加，我喜欢它小心翼翼一遍遍刷过我的脸。

"六月六，看谷秀。"刚抽穗的谷子，长得像惹人怜爱的少女。暑风过处，谷子们起伏摇曳，像一群姑娘推推搡搡。当你看到蝴蝶在谷穗间流连戏舞，那是谷子在不事张扬地筹备自己的花事了。高粱开始晒米,玉米开始拐把儿,故乡的田野上,每天都有千万朵野花的婚礼在开张。爷爷说,蜜蜂是黄河口植物部落里的超级红媒,谷子扬花的时节,没人比它快乐。它在匆匆地赶场,喝着数也数不完的喜酒。

在前桥村西边的沙土地上,爷爷的谷子活得有滋有味。

黄昏时分,爷爷右边跟着我,左边跟着那条大黑狗,去坡里看庄稼。碰到乡邻,爷爷指着我说,看,我的小黄狗,我走到哪儿他跟到哪儿。快到窝棚之前,爷爷总要检阅一遍他的庄稼方阵。然后,掏出别在腰里的旱烟袋,坐在二河子的河崖上,把烟叶连同古稀的心事摁进烟袋锅,在月光下的谷子地边叽叽个没完。谷子地的那边是一片西瓜地,西瓜地的那边是一片玉米地。辛劳一生的爷爷是草桥沟岸边真正的王。此时的他,拥有满天星斗,遍地庄稼。

暮色四合,这是我聆听夏虫合奏的好时光。起先是儿乖子发出一种令人心仪的鸣叫,清悠辽远。接着,蟋蟀、蝈蝈、青蛙,这些我童年的音乐启蒙老师,开始在前桥村广袤的田野上排演一场宏大的田园交响音乐会。

月亮升起来了。薄雾似纱,雾月中的谷子出奇地娴静。你听,唰唰啦啦,谁碰的谷叶子响了,地猴子窜了出来,刺猬也蹑手蹑脚地出场了。它们在月光下走走停停,好像在寻找啥宝物。黄河口的万物生灵趁着青春年少,在享受着谷子地里的爱情,谷子们也往往在这时发出助兴的拔节声。

谷子,我柔情似水的谷子。

抿一口谷香醉死个人

谷子在庄稼里是耐旱的冠军。当玉米旱得打了绺儿,大豆旱得耷拉了叶儿,谷子不动声色,夜晚的一点露珠就能让它傲视群穑。"只有青山干死竹,未见地里旱死谷。"河岸边的沙地上,清风洗酷暑,连雨催丰年。如果老天爷送点雨水来,谷子照样乐意接受。黄河口的谷子,皮实着呢。

秋天来了,田野里飘着成熟的谷香。爷爷扎的那些草人,不管刮风下雨,不管晨昏午后,一直忠诚地站在谷子地里。爷爷此时也是一个活动的草人,嘴里不住地吆喝着,驱赶着一群群的家翅儿。谷子是爷爷的最爱,也是麻雀的最爱,谷穗上细长的毛抵挡不住鸟儿尖尖的喙,它们总要比爷爷先尝尝今年的谷子香不香。

立秋天渐凉，处暑谷渐黄。爷爷的身边，是一片迷人的金黄。纤细的谷秆倔强挺直，撑着沉甸甸的谷穗，诠释着一种风骨。越是饱满的谷穗，越是娇羞地垂着头。看着满地大姑娘辫子似的谷穗子，爷爷缺了门牙的嘴就总是合不拢，他掏出随身携带的小锡壶，抿一口小酒，就一口谷香。

爷爷说，长大了给你娶一个像谷子一样俊的媳妇。我望望谷子，谷子回眸一笑，那是比伊人风情更入骨的一种媚。

后来，我把爷爷种到谷子地边。到了一九八四年，我自己开始种谷子时，才更加感受到谷子的柔媚。锄完最后一遍谷子时，我躺到谷子底下，躲在谷子的浓荫里，体味着一种隐秘的快感，身子上是谷子的清香，身子下也是谷子的清香，享受着垄背上的清凉，我爽然入睡。

当我从谷子地里爬起来时，太阳用一只眼看着我，一片茫然。那一地摇曳的柔性的谷穗，那轻拂我内心的娇嫩的叶子，那叶片上清亮晶莹的露珠，使我心里好像有一种小虫虫在爬。

谷子，芳心萌动的谷子，最是那一低头的温柔！

开始收割了，谷子在男人怀里欢快地跳。夜晚，女人们在月光下掐着谷穗，谷子在她们怀里还一个劲地跳。

故乡的谷子，千娇百媚的是你，坐怀不乱的是我。

谁在谷丛里说着悄悄话

因为谷子的产量比玉米、高粱低，为了活命，人们拿不出大片土地种谷子，所以在黄河口的庄稼中，谷子不是当然的主角。小米面蒸的窝头虽然好吃，但总吃小米窝头就太奢侈了，多数的小米被熬成了稀饭。

谷风布气，万物摇壮，这曾是令爷爷沉醉的景象。现在爷爷早已在郭家老坟就位。种谷子的人越来越少了，爷爷的那片谷子地已经不长谷子了，而是长出了一片化工厂。流淌在我们血脉中那些有滋有味的东西正渐行渐远。其实，现在的谷子滋味也已大不如前，它们更多地被化肥、农药包围着，少了原先养育中国革命时那些小米的朴实地道，失了往日的醇厚清香。

远了，我的满眼浓绿、摇曳不止的谷子；别了，我的见风就长、垂蕤生姿的爱情。

故乡的谷子曾经一年年伴我成长，而且我也将带着对谷子挥之不去的爱渐渐老去，直到有一天也和爷爷一样埋在谷子地头。

其实我没别的奢求，只想在繁星满天的夏夜，以一种思恋的姿势，长成黄河口谷子上一片瘦削的叶子，在弥漫着庄稼清香的草桥沟岸边，伸着细长的耳朵，聆听谷丛深处地猴子绵绵的情话。

麦子

田畴中你柔媚的身姿

麦子

一年生或二年生草本植物,茎直立,中空,叶子宽条形,籽实椭圆形,腹面有沟。籽实供制面粉,是主要的粮食作物之一。

"田家少闲月,五月人倍忙。夜来南风起,小麦覆陇黄。"一千多年了,白居易从一本发黄的诗集中探头一望,南岗上的麦子还和盛唐时一样金黄,粒粒成熟饱满,穗穗姿态妩媚,微风过处,麦子们亲昵地你推我揉,耳鬓厮磨,发出快意的沙沙声,一如我盛装待嫁的新娘。站在黄河口麦地的边缘,我又一次闻到了麦子从远古散发出的幽香。

我们的祖先里,是谁慧眼独具,最先发现了藏在草中的野麦子?野生小麦又是如何进化成今天这个样子的?这些问题好像把我爹难住了。爹是民办教师,在乡亲们眼里是个学问人,生产队长有不懂的问题也经常来向我爹讨教。爹对我说,你好好读书吧,书比我强。

后来我还真特意关注小麦的身世。小麦最初的起源地,权威的说法是地中海东岸的叙利亚、伊拉克和外高加索地区。但欧洲植物学家第康道尔早在一百多年前的《农艺植物考源》一书中,就提出了中国也是小麦原产地的看法,包括达尔文在内的许多学者都同意这样一种观点：中国是种植小麦最早的国家之一。从中国的黄河流域到西亚的幼发拉底河流域，气候适宜，在史前时代就是栽培小麦的故乡。考古发掘和古代典籍更可以佐证这点。在河南陕县江关庙底沟原始社会遗址的红烧土上，人们发现了麦类的印痕，距今已七千年。地处山东东部的东夷人应该也是最先种植小麦的部落。有人认为，"萊"字是"麥"字的源起。而山东含有"萊"字的地名较多，如"蓬萊""萊芜""萊州""萊阳"等，而几乎贯通胶州湾和莱州湾的胶莱河，两岸的麦子几千年来一直起起伏伏。安阳发掘的甲骨文中已有了"麦"字，《春秋》等文献中有关于麦类的记载。从《诗经·载驰》和《诗经·硕鼠》中的诗句"我行其野，芃芃其麦"和"硕鼠硕鼠，无食我麦"看，西周时期黄河流域已经广泛种植小麦。

　　麦子在庄稼部落里有着与生俱来的高贵。毫无疑问，是野生麦子本身那俊美的身姿、饱满的籽粒和馨香的气味，吸引了华夏祖先的慧眼，他们用粗陋的石头工具开始了"刀耕火种"。麦子开放而优异的禀性，促使它与黄山羊草、鹅冠草，还有其他野麦的花粉亲昵传授，经过一代又一代的培植，小麦一步步进化，才有了今天这种独步群芳的地位。

在我们这个星球上，生活着七十多亿人。尽管习俗不同，食性各异，却都对小麦情有独钟。小麦是一种温带长日照植物，适种范围广，从平原地带到海拔四千多米的青藏高原，从北极圈到美洲南端均有栽培。据国际谷物理事会统计，二〇一二年全球的小麦播种面积达2.24亿公顷，仍居栽培植物之首。无法想象，如果自然界中缺少了小麦这种植物，人类生活的亮色将会黯淡多少。小麦，是上苍赐给人类最宝贵的口福之一。

小麦是母性的。仔细琢磨一下，植物学上关于小麦的描述是别有意味的。小麦，一年或两年生草本植物，禾本科小麦属，茎直立中空；叶子长线形；穗状花序直立，自花授粉；籽实椭圆形，顶端有毛，腹面具深纵沟，神似女性小腹。小麦还是一味中药，味甘性寒，补养心气，中和止虚。炒熟的麦子和麦麸可以治疟疾调经络。无论是亭亭玉立的植株，还是籽粒丰满的性态，无论麦浪起起伏伏的风情，还是奉养生民的懿德，小麦都充满了母性的光辉。

在黄河口，小麦更是一种得天独厚的植物。她是庄稼丛中天生丽质的美人。母亲河水的浇灌，四季分明的气候，临河靠海的地理，使得黄河口地区的小麦出身不俗，香甜独具。它细直的身姿深深扎根在仁厚的土壤中，吸吮大地之精气,博采日月之光华,在农人的呵护中天天向上。刚刚秀出的麦穗仪态万方,细长的麦芒一如少女修美的睫毛;成熟时分,这天生的舞者会把一片醉人的金黄托上头顶,兴风作浪,沙沙歌唱。

站在黄河口,由近及远,我看到麦子正在受到不同肤色人种的尊崇和爱戴——广袤的华北平原,是一望无际的麦子的海洋;关中平原上,诸葛亮和司马懿正在为争夺将熟的麦子斗智斗勇;白鹿原翻滚的麦浪中,正演绎着生命的爱恨情仇;到了新疆的孔雀河岸边,小麦正被烤成一只坚硬的馕,供维吾尔族兄弟咀嚼、回味;往西到了两河流域,小麦和几大宗教文明一同衍生,圣城耶路撒冷不同的信众随着麦浪翩翩起舞;再往西到了爱琴海的那边,麦子在欧洲平原上静静站立,想象着自己不久就要被发酵成面包的样子;当我的目光越过大西洋,麦子葱郁的绿色依然冲击着我的视网膜,美利坚人正在津津有味地鼓捣着转基因小麦的新品种。

小麦香甜好吃,是因为它在阳光下站立的时间最长。五谷杂粮中,有谁经过了这么长的生长期?又有谁的发育过程经受这么多的磨难?爹说:"白露早,寒露迟,秋分麦子正宜时。"种麦子时,爹总要把地耙得又细又匀,麦子不怕草,就怕坷垃咬。从耩上地到麦子露枝儿,是人们很揪心的几天。麦苗的颜色，就是生命的颜色。天寒下来，下雪了，一株麦苗伸出手掌，接住了这个冬天的第一朵雪花。秋种、冬孕、春长、夏收，一年四季都经过；出苗、分蘖、越冬、返青、挑旗、灌浆，风霜雨雪皆品尝。

这一切都是神的安排。从播种那天开始，乡亲们就盼着，一直把麦子盼黄。"麦黄梢，累断腰。"麦子黄了，乡亲们一年中最忙最累的季节也来了。

我永远忘不了生产队时，乡亲们望着将熟的麦子时那深情的目光。奶奶坐在榆树下，边搓青麦子，边念叨着：

打箩箩，卖箩箩

下来麦子请婆婆

请到哪儿

请到湾上

没有筷子

折根干棒

……

本家的黑蛋叔已说不清到麦子地里看了多少遭，跑到队长面前说："队长队长，我们的麦子……"队长云亭眯着小眼说:"慌啥?我还不如你有数?通知各家各户,女人开始搓要子,男人开始磨镰。"开割那天,乡亲们早早到麦子地头集合,举行隆重的开镰仪式,叩天谢地,无限感恩,喃喃祈祷年年风调雨顺。队长用大拇指试试镰刀,对我爹说,二哥,还是你带铺吧,然后仰天长啸:"开镰喽——"一嗓子喊醒了伏在麦穗上贪睡的瓢虫,惊飞了躲在麦地里偷情的鸭蓝鸟。我爹说:"都是好麦子!"接着腰一弯,嚓嚓嚓,镰刀飞舞,已蹿出一大截。村里割麦子快的人,乡亲们叫"带铺子的"。我爹割麦子最快,割起麦子来不到地头就不再直腰。其他人跟上,嚓嚓嚓,一种美妙的音乐从麦子根部响起,站在沟崖上看社员割麦子的队形,就像一艘行驶在海上劈波斩浪的战舰,战舰的舷尖上正是我爹。麦子铺子越铺越大,越铺越长,一根根草要子把农民一年的汗水与欣慰捆成一捆捆,一垄垄麦子躺在地上等待回家。累点就累点吧,麦子抢不到场里,粒子收不到囤里,这口气就不能歇。

我们孩子们则在大人的带领下,一字排开,捡拾收割后落在地里的麦穗,眼睛不时瞄向放在地头的那桶充满诱惑的糖精水。

割了两个来回,队长说,歇歇吧。我们哄地一下朝水桶跑去。大人们坐在地头上喝水的喝水,抽烟的抽烟,女人们赶快忙起了针线活，也有挑着青点儿的麦子搓着吃的，队长也不管。学生们喝完水，便围到我爹的身旁猜谜语，爹说："不大不大，浑身净把儿。"说完看着身旁的苍耳棵。宣东说："苍子棵！"爹点点头又说："不点不点，浑身净眼儿。"我们猜不到，爹又指了指纳鞋底的三婶子，我说："顶针！"爹又点点头说："下面这个就难了哈。兄弟八九个，就孙俺一个，扔到坡里八九月。待客都是俺，谁知俺的冷和热？"我们抓耳挠腮半天没猜出来，在一旁搓麦子吃的小懒倌说："一群小笨蛋，麦子啊。"我们还是疑惑着，爹说："麦子分蘖一分就八九棵，不是兄弟八九个吗？从上年秋后种上到现在收割，不是八九个月吗？家里来了客，不都得上点面干粮吗？……"小懒倌说："我让你们猜个好的。一个黑老汉，倒推车子不使袢儿。""屎壳郎！""再来个更好的。"小懒倌坏笑着说，"胡萝卜粗，大半拃长。大姑娘用它在绣房。半夜三更流白水，光见短来不见长。"队长媳妇说："四五大十的人了，流流氓氓，不教孩子们正事。"小懒倌说："我流氓谁了？不就是猜根蜡烛吗？再出个不流氓的，一软加一硬……"还没等说完，队长媳妇说："把他裤子脱了！"立马上来几个老婆，就要脱小懒倌的裤子，吓得小懒倌想窜，老婆们逮着，抓起一把土连麦糠灌到他的袄领子里。队长说,干活啦!社员们显然没有享受够这繁忙农活间的欢乐,但又知道不能耽误正事,哄笑着割麦子去了。

麦收,是乡村喜庆的节日;丰年,是大地对农民最高的奖赏。当麦子集结到了麦场中,我们村的男女老少也都在麦场里忙活,人声嘈杂,机器轰鸣,晾场、晒场,打场,扬场,人们忙得不亦乐乎。那几天,村里一切事务包括盖房子娶媳妇这样的大事也要让位给麦收,连村子里的狗也围到场院边上凑热闹。打出的金黄的麦粒堆成一座座诱人的小山。先分给各家各户的,磅秤的旁边,村会计的算盘噼里啪啦欢快地响着。尽管分到各家的麦子仍不够全年吃的,但到了晚上,家家都要来一次新麦子盛宴,放开吃一顿"细粮",烙面饼,擀面汤,打面茶,真像陆游诗中所写"新炊麦饭满村香"。剩下的麦子是村集体留下的。一麻袋一麻袋麦子被运到生产队的仓房里,准备交公粮、留种粮。

麦场的四周,带着阳光味道的麦穰被垛成一个个或圆或长的大垛,这些暖融融的麦穰垛牵惹着少男少女热嫩的思绪,秋月夜,冬雪天,这里都是小村最温润的去处。

来年春天,这些掩藏在麦穰垛中的乡村爱情,就会随着春风到处流传。

黄河口的麦子，多么甜美多情。

黄河口的麦子，如此温馨浪漫！

我说的都是大集体时候的事儿。现在，联合收割机几个来回，屁股里吐出些麦粒，麦收就算完成了，先进是先进了，但就是少了些烟火气。或许是从小挨饿饿怕了，也或许是体味过农人年复一年的辛劳，我对各类庄稼充满了感激。正因如此，面对一些地方日盛的奢靡之风，看到酒店的饭桌上、大学的餐厅里那些被整个扔掉的馒头、整盘被倒掉的菜，我心里便隐隐作痛。

现在，我看到金黄的麦芒，时时想起爹。每次走进黄河口的麦地，拥麦入怀，凝视着她，都会有一种莫名的激动，一种接通地气的通泰。多少年多少年过去了，我亲爱的麦子一如我五月的新娘，风姿绰约，站立在故乡的田畴，馨香阵阵。

玉米

地里站着的是我娘

玉米

一年生草本植物，茎粗壮，叶子长而大，花单性，雌雄同株，籽实比黄豆稍大。是重要的粮食作物和饲料作物。

老玉米也，黄又黄

养活了爹，养活了娘

养活了一群小儿郎

过了一条河，过了一条江

过了一座小高岗

我站在高岗回头望

地里站着的是我娘

————题记

    当金黄的麦地只剩下齐崭崭的麦茬，娘疲惫的身影会如期出现在地头，点玉米的时节到了。

    一九八四年，农村已经实行联产承包，家家户户摽着劲儿干，这一年是真正的风调雨顺，庄稼都长疯了。娘已年过半百。她生命中的时光，不是抚养炕上的孩子，就是抚养地里的庄稼。娘站在坡上，像一棵玉米站在那里，只是腰杆已不像玉米那么直。

    娘从玉米地里回来，对着卧在炕上的爹说，点完了，全点完了。爹说,深种棒子浅种麻,棒子种要在深土里睡两天觉。又过了几天,娘从地里回来说,苗出得真齐呀。爹脸上的皱纹难得地舒展了一下,仿佛望见了我们家一地的玉米。

玉米刚一出苗身子就是直立的,如同卷起的一截纸卷,浅绿浅绿的,嫩茎短短的,却挺着刚直的腰身,根部是一种别样的紫色,这种神秘的颜色,有着让人肃然起敬的高贵。玉米的叶子喜欢支棱起风情的耳朵,听麦茬讲述那些热烈的往事。不久,她的个子长高了一截,叶子甩在一侧展开,颜色变成了翠绿。微风一吹,叶子就翩翩起舞。

娘又出现在地里,该间苗了。娘开始帮着玉米清理门户,将多余的苗子拔掉。这事儿玉米自己做不了。这时我就要向班主任请假了,一张大锄已等了我很久,我要回家锄头遍玉米。这头遍地不仅要锄草,更重要的是"拼麦茬",即把残留在地里的麦茬锄掉。这活既需要技巧,又需要力气。娘已锄不动麦茬,看着我舞动的锄头,娘表扬我:"力气是闲才,使了它还来。"这年,我十七岁,一张锄已在我手中玩出了花样,锄杠被汗水浸成了古铜色,我的锄印就像一枚大章,把家里所有地块盖了一个遍。

又过了十多天,我把家里旧土炕的土坯拉到地头,用爪耙捣碎,娘提一个柳条篮子把炕洞土提到地里,往每一棵玉米根上捧一捧。庄稼一枝花,全靠肥当家。一场雨过后,被炕洞土催起来的玉米一下子变成墨绿色,像正处在青春期的少年,个子摁都摁不住。

神不知鬼不觉的,玉米已占据了老河沟地块的中心,占据着七月的天空。

有半个月不下雨了。周六中午我从学校回家,路旁的玉米旱得打着绺儿。刚过草桥沟,远远望见娘站在玉米地里,毒辣的阳光咬着娘的脊背,一道道汗渍爬上了娘的褂子。娘佝偻着身子一锄一锄艰难地往前挪着。我鼻子猛地一酸,我算什么男子汉,怎么能让娘受这种苦?我说天这么热你咋不等凉快了再锄,娘说草不等人,二遍地再不锄,草就把棒子吃了,趁中午头天热锄两锄,死草。我抢过锄,把娘撵回家做饭,抡起锄头狠劲锄草。

草一片片地倒下去,玉米一棵棵地向我奔来。玉米玉米,我心里叫着。我的玉米已经半个月没和我亲近了。

一场透地雨之后,玉米个头儿已经超过了我。娘将玉米的消息一点不落地带到小院的饭桌上、夜晚乘凉的苫子上——哪天玉米扬花了,哪天玉米"拐把儿"了,哪天玉米该锄三遍了。虽然高中学业很紧,但我也得请假。家中的重体力活我全包了。当同学们坐在教室里听课时，我正在玉米地里挥汗如雨。我不怵干活，男子汉就要欺住活。但学业耽误得越来越多了，我的心里干着急没办法。

草桥沟岸边，各种庄稼的气息争相往人的鼻子眼里钻，紧贴着路边的那片玉米地，是我读高中时最为心仪的伊甸园。它的东边靠着一河子沟西岸，往西一直到了草桥沟东岸的缓坡。每当走进这片玉米地，玉米总会伸出手，和我拉拉扯扯，亲得不成体统。早晨，玉米绿汪汪的叶翅上滚动着莹莹的露珠，在夏日的风中荡来荡去。

真想长成河子西的一株玉米啊，让我的身上长满了叶绿素，吸收阳光、空气和水，快活地进行光合作用，那时，我就能自己制造养分，不用指望吃其他东西就能活了。我美美地想着，伸出绿色的手臂，任晨曦中的露珠在我叶臂上滚过，多带劲啊。多雾的晚上，听，露水吧嗒吧嗒打在玉米叶上；再听，吱的一声，棒子拔节了。多少年了，我耳畔还时时响起那生命的脆响。我无边的欲望被玉米染绿，仰望着被玉米穗高擎在空中的热望之旗，我无限感恩——

黄河口，是玉米的天堂；玉米地，是我青春的天堂。

二十岁以前，我吃掉了多少玉米，没法计算。利津县付窝乡探马桥村地里长出的玉米,还"奶仁"时我就开始生啃,也用灶火燎着吃,或炒成爆米花吃,蒸成饼子吃,馇成黏粥喝,连棒子棵也被我和伙伴们齐根折断"吃甜棒"。

玉米本来是"洋美人",明朝才从美洲传入我国,有人把它叫作"六谷",这显然是为了与原产中国的"五谷"相区别,与稷、麦、菽等相比,它只能算偏房。但它凭着高产,很快在庄稼群里出人头地,无论种植面积还是产量,都成了粮食作物中的佼佼者。

"玉米",最先给这种庄稼起出这个名字的先人,肯定是个天才。当你嘟起嘴唇,发出"玉""米"这两个字音的时候,马上会有一种活色生香的感觉,米之玉者,殊可怜也,令人一下子想到的是"静女其姝"的柔美、"有女如玉"的圆润。玉米肯定是中国名字最多的一种庄稼,互联网上玉米的叫法竟有六十多种,而且大都富有诗意,如苞谷、苞米、玉米、玉菱、玉蜀黍,在草桥沟的两岸,玉米被叫成了"棒子",个子长得也格外高。植株能高到两米,有15—22片叶子。最浪漫的是它的花,雌雄同株,雌花生在植株中部的叶腋内,肉穗花序;雄花生在植株顶端,圆锥花序。雄花比雌花早开三五天,一往情深地等着雌花的绽放,即使授粉仪式完成,雄花仍然挑着忠贞的穗头，在黄河口一望无际的原野上唱着情歌。更加奇妙的，还有玉米结籽粒时的成对性。单身汉小懒倌想给今年的玉米估估产，他掰下一穗穗玉米，边竖着数它的行数，边说，奇了怪了，不管大小，都是偶数。树上的鸟儿成双对，棒槌粒子也成对长啊！

七月十五定旱涝，八月十五定丰收。辽阔的大地上，黄河口的庄稼次第成熟。每年一过七月十五，我就住进草桥沟崖上的窝棚里，看守我满坡的庄稼。每天吃了晚饭，带上镰刀，领上我们家的小黄狗，走向村西的玉米地。进入窝棚之前，我总要拿上一根木棒，巡视一遍将熟的庄稼。要防的除了贼，还有偷吃玉米的野狗。这畜生不光偷，还把庄稼糟蹋得一片狼藉。刚开始我还有点害怕，娘说害怕都是自己吓唬自己，一个大男人有啥害怕的。硬着头皮到河子西去了几晚上，感觉真像娘说的，没啥可怕的，我必须以一个男子汉的姿态，行走在夜幕下的庄稼地里。很快我就喜欢上了看坡。玉米静静站在地里，一钩残月，清凉如水。穿行在玉米林中，我常被她美丽的须根羁绊住脚步。

初秋的河子西，每一株玉米都诗意盎然，一袭绿裙把棒槌子裹得紧紧的，像少女饱满的乳房，绿纱包裹中的"奶仁"白嫩嫩的，一掐一包水。棒槌子从玉米秸青嫩的腋窝里伸出来,碰碰我黝黑的手臂,牵惹着十七岁的思绪。

那个晚上,巡视一圈玉米地后,我坐在草桥沟岸上,望着满天星斗,听鱼儿跳出水面的拨剌声,思绪连绵。窝棚里还有点热,我干脆在沟沿上的珠珠棵里躺了下来,琢磨着鱼儿此时难以言说的幸福,听着沟里汤汤的流水,我慢慢地睡着了。一觉醒来,忠勇的小黄狗在我身旁正和一条花蛇斗法,见我醒来,激动地甩着被夜露打湿的尾巴。太阳从东沟沿上探出半个脸来看着我,我的理想将从这个黎明出发,穿过露珠抵达玉米地的另一个黎明。

没有比独自一人在窝棚里读书更快乐的了。窝棚内,一盏马灯,一位少年,一本路遥的《人生》,看得我在深夜里唏嘘;窝棚外,小黄狗蜷缩在草窝里,遍野的昆虫在为我献演,唰啦啦,刺猬出洞了,出溜溜,土拨鼠一到晚上就比谁都要忙。

啊,黄河口那醉人的晚风,晚风中我的纺织娘在歌唱!

中秋临近,庄稼们曼立旷野,风情万种。玉米在绿色的纱衣里藏得太久了,几颗棒槌从金色发丝下探出头来,露出俏丽的牙。玉米地的那边还是玉米地,琼花姐成串的笑声从玉米地深处传来。小懒佾说:"好听,真好听啊!"我说:"啥好听?"他又长叹一声说:"你不懂。四大好听啊。大姑娘笑,画眉叫,山西梆子,二黄调。好听煞了。"

黄河口盛产玉米,也盛产爱情。一望无际的玉米地里,藏着多少青葱的梦。玉米叶的窸窣,百灵鸟的欢唱,有事没事喜欢往玉米地深处钻的少男少女,是一九八四年我青春底片上一道永不褪色的风景。

爹躺在炕上,已走到生命的边缘。娘要在家照看他。妹妹虽已辍学,但她幼弱的身形根本欺不住活。我站在地边,怅望着西边利津二中的方向。我为啥要高考?这一地的玉米谁来收?爹的病咋治?没有人教给我告别困境的公式。或许草桥沟边的这片庄稼地就是我永远的课堂。

我拿着一具镐头走进玉米地。满地的庄稼像蓝天一样沉静,像小河一样丰润。玉米穿着秋天流行的时装,满含期待,款款相迎。我小心地扶住一只玉米,脱下玉米金黄的外套,剥下她绿色的旗袍,再掀开最里面浅绿的一层蝉衣,玉米艳黄的身子裸露在我面前,她金发披肩,笑语盈盈——哈,小伙子,收玉米的时刻到了。

我清楚地记得,那天国庆节,一位伟人检阅通过长安街的陆海空方阵的时刻,我家的玉米也在我面前站成丰收的方阵，接受我的检阅。我像一艘战舰，在绿色的海洋上开进，成片的玉米被我飞扬的镐头挞倒。累了，镐头一扔，我把自己摊开在玉米铺成的大床上，聆听收音机里正在播放的阅兵式，一股热血在我的体内激荡。仰望秋天寥廓的天空，白云亲切地飘来，大地上氤氲着庄稼的气息，清香而惆怅。我的眼泪啪嗒啪嗒滴在玉米的纱裙上。

上学还是辍学，这是一道艰难的选择题。为了生计，为了娘，或许我该说，别了，美丽的校园，别了，亲爱的同学。这段时间，家里的好多大事，娘都和我商量。而在之前，这是不可能的。我已长大了，应该担起生活的重担了。来吧，与生俱来的苦难，来吧，连绵不断的农活，就这样，终生侍候这些美丽的庄稼吧。

娘把午饭送到地头时，一半的玉米地已透了气。娘吃惊地望着躺了一地的玉米，抚摸着我一手的血泡，边给我戴手套边说：干活不能这么玩命，活不是一天干完的。我吃着饭，娘拿起镐子去挞玉米。我说，娘，你挞不动，别晃着腰。娘挞了一会儿说，唉，还真干不动了。我掰几个嫩棒子，今晚煮棒子吃。歇着干，早回家。

吃完饭，我的劲又回来了。下午再挞时，手上拧起的几个血泡都磨破了，血水浸透了手套。

夕阳西下,一地的玉米已被我成排地放倒。她们静静地躺在地上,要抓紧时间与秋阳再缱绻几天。

一个星期后,她们被我一车车拉到场院里攒成山。我又回到学校里时,那些大大小小的棒槌子正一个个被从秸上掰下,逐个接受娘的爱抚。院子里,屋门两边的土墙上,揳上了几个橛子,娘踩着杌子,把棒子一辫一辫地挂到墙上,它们要垂在屋檐下,晒到干透身子。还有些棒子,从容爬上枣树的枝头,或者干脆躺上老屋的屋顶。这时的村子里,家家户户都燃起一团团黄色的火焰,玉米点燃了农家的激情和浪漫。

冬天的晚上,我们全家围在笸箩旁,在煤油灯昏黄的灯光里搓玉米。娘先用剪子在棒槌子上穿上几道,我们再把两个棒槌子对在一起,使劲揉搓,玉米粒子顺势哗哗啦啦掉到笸箩里,老屋里这种暖心的音乐要一直响到深夜。玉米粒进了粮囤,棒子瓤进了灶膛,把苦难的岁月烤得温暖柔和。

这些年,我一直感觉,那时河子西的庄稼是长疯了,玉米长得密不透风,将一个叫探马桥的村子也裹得密不透风。那浓得化不开的生命的葱绿,一直盎然在我的心里。没办法,我无法不喜欢这些天生丽质的美人。喜欢玉米,喜欢丁庆友老师的那首诗:

风摩挲玉米们的叶子

走向秋天

望一眼玉米

泪眼里

一棵是爹

一棵是娘

现在，我家的老屋已倒塌了十八年，娘和爹已在河子西的地下会合。他们在商量哪块地点玉米，哪块地耩高粱。只是他们的儿女们都已离开了那片土地，无法配合他们的耕作计划。但我一看到地里站着的玉米，就想起娘，想起寒夜里棒子瓤橘黄的火焰，想起那种此生再也不会显现的温暖。

高粱

大地上那片摇曳的风情

高粱

　　一年生草本植物,叶子和玉米相似,但较窄,圆锥花序,生在茎的顶端,籽实有红、褐、黄、白等颜色。品种很多,籽实供食用外,还可以酿酒和制淀粉。

黄河口的庄稼里，最好吃的当然是小麦，最好看的就应该是高粱了。高粱天生一副模特身材，高挑的个子，纤美的腰身，粉红的面容，像风情万种的明星，在大地上摇曳，媚影婆娑，艳压群穑。

探马桥村的村西头，草桥沟的沟东崖，满坡的庄稼都是我们村的。这么多年了，我痴情的目光总是喜欢穿过那斑驳的高粱叶，望着那一片永远的高粱红。

高粱的高

自古以来，高粱就是酿酒、造醋、加工高粱饴糖的重要原料。不论是杜康、茅台、五粮液，还是兰陵、西凤、杏花村，所有名酒的首选原料无一不是高粱。但在粮食缺乏的年代，高粱首先是人们的口粮。歉年一到，其他庄稼那可怜的产量根本不足以果腹，高产的高粱派上了用场。高中毕业之前，高粱是我吃得最多的一种粮食。那时的高粱，是北方百姓的救命之物。

或许，植物学教科书里的高粱更让人长见识——高粱又名蜀黍、秫秫、芦粟、荻子、木稷、荻粱等，禾本科，一年生草本植物，高3—5米，横径2—5厘米，叶鞘上有些白粉。大人们说，这种白粉能止血，小时候偷吃甜棒，被席篾划破手时，经常撸下一些抹在手上，还真管用。高粱有"五谷之精、百谷之长"的美誉，中国栽培高粱的历史至少有五千年。《本草纲目》载："蜀黍北地种之，以备粮缺，余及牛马，盖栽培已有四千九百年。"高粱很早就长在《诗经》里："黄鸟黄鸟，无集于桑，无啄我粱。"看，那时候的鸟啄起高粱来就很是让人头疼了。

晋朝张华的《博物志》里有关于高粱的较早的记载："地三年种蜀黍，其后七年多蛇。"高粱是否与蛇有着这种神秘的联系，我不知道，但那年黄河发大水，我倒是真的见识了高粱地里的那些蛇。高粱抗旱耐涝，生长泼辣，产量又高，即使被水淹了，仍然会有不小的收获。一九七五年，黄河大堤开了口子，幸好还有第二道坝子，把水挡在了东北方向。村里男女老幼都上了大坝防汛。女人和孩子们站在坝上，望着坝外水天相接，个子矮的豆子淹在水面以下，已绝了产。男人们蹚着齐腰深的水，抢收高粱。高粱只露出上半截的穗头。社员们推着筐篓，去搣高粱。许多高粱穗上都盘着躲水的长虫，吓得女人们大呼小叫,好在黄河口的菜蛇没毒。

过了些日子,水退去了,在东北洼的最北头,高岗上的几株高粱凄冷地站在那里。经历了一场劫难,它们还惊魂未定。在高粱们弯腰喝水的地方,一群红眼坠子鱼在野水里游来游去。妹妹担心地问,等水耗干了,这些鱼咋办呢?

真是好庄稼

在我的家乡,高粱的吃法五花八门。最简便的吃法是把高粱米焖成干饭,醇香爽口,保持了高粱特有的清香。惯常的吃法是把高粱面蒸成窝头或饼子,结实耐嚼,特别当饱。村里谁家盖屋了,乡亲们都会无偿地去帮忙,主家管顿饭就成。早饭就是窝头就虾酱。中午晚上炒萝卜条或者炖白菜,一人一海碗,两个橛子窝头,吃得热火朝天。打夯、砌砖、和泥、发坯,这些活我都干过。崭新的房台上,土坯辚辚,夯歌阵阵,那份热闹就像是村子里演大戏。高粱还有一种吃法,烙包皮子饼。娘经常用少得可怜的白面把高粱面包起来,擀成薄饼,放到锅里细火一烙,饼两边的白面就会慢慢鼓起来,一鼓两盖,一张"包皮子饼"就出锅了。一饼切四角，抹上自制的面酱，卷根大葱，大口一咬，爽快筋道。娘做的掺了豆面的高粱"杂面"，是我一生喝不够的手擀面。当然，从小我喝得最多的还是娘馇的高粱黏粥。娘说我从能端动碗开始，就喜欢端个碗在屋角，挺着草包肚子，向着来来往往的人吆喝："豆豆黏黏喝喝，豆豆黏黏喝喝……"

八爷爷说，高粱的品种很多，看长相就分成大撒把、狮子头、黑壳子、高尖等。一九七三年曾大面积推广杂交高粱，秸秆矮，抗倒伏，能密植，产量高。社员们拿着个电影上胡汉三游街时戴的那种纸帽子，用小棍敲打着高粱穗，进行杂交授粉。"高粱豆，吃不够。"这指的肯定是高秆高粱，矮秆的杂交高粱吃吃就够了，因为这种杂交的红高粱吃了难消化，就像小懒倌说的，嚼到嘴里没劲，吃到肚里胀胃，拉起屎来受罪。生活好点的人家，掺上点豆面棒子面，还能稍微暄和点，好消化。但我们家穷，没办法，只能用纯红高粱蒸窝头。小小的年纪，我解不下手来，两手拄地，屁股翘得高高的，使上满劲也拉不出来，憋得嗷嗷地哭。娘用一根硬草棍，一边一点点往外抠，一边轻轻安慰我。唉，那种便秘的痛苦，一辈子也忘不了。

高粱里面还有一种黏高粱，一般是蒸年糕用的，黏性和黍子一样，能够很好地把枣包住。乡亲们有句俗话来形容贪心而量小的人："一口咬不着枣就恼，还把糕扔到地上。"即使在大量种高粱的年代，黏高粱也只是个配角。现在更是少见了。去年秋后回老家，在崎岖的小路旁，几株黏高粱的剪影占据着十月的天空，寂寥地美向秋的深处。

在黄河口，没有一种庄稼像高粱这样浑身是宝。高粱，老百姓真正的铁杆庄稼！高粱脱粒以后的高粱穗子，在我的老家叫秫秫穰，高粱的颖壳，前桥人叫"壳索子"，可以喂猪。把秫秫穰上的壳索子用镰刀刮去之后，就叫笤帚苗。笤帚苗可以缚成长把的笤帚，用来扫地，也可以缚成短把的炊帚，用来刷锅洗碗，轻巧耐用，经济环保。现在三姑有时还给我捎来炊帚或盖天。盖天是用莛秆做的，也就是锅盖。大概因为它盖的是饭食，而民以食为天，因此叫它"盖天"吧。小盖天通常用来放饺子、手擀面。缚笤帚、钉盖天这些营生我都会，这些密密麻麻的针脚，连缀着一串扯不断的乡愁。

壳索子还能装枕头，睡上去绵软舒适，梦中翻身时，能听到故乡高粱沙沙的声响。

秫秸在农家的用途有点令人眼花缭乱。可以打成箔，盖在屋顶上，冬暖夏凉；八爷爷还像变戏法一样，制成粮栈、箅子、篮子，穿成碗床放置碗筷，破成篾子编成席子；还能扎成篱笆，但我最喜欢的还是八爷爷给我编的蝈蝈笼，又漂亮又结实，一个夏天用不坏。梃秆插接的灯笼、鸟笼，也都是我儿时的最爱。

第一场雪之后，大地一片苍茫。麻雀们围着秫秸攒蹦过来跳过去，刨寻着草籽和高粱粒。冬天的秫秸攒是孩子们的乐园，我们在这里练倒立、捉迷藏，在高粱垛里钻进钻出，把童年的欢乐留在那些大垛深处。夜晚，没睡的星星还能看到有年轻人悄悄来到村外，钻进秫秸攒里，找寻阳光的味道。

啊，故乡激情、神秘的秫秸垛呀！

高粱叶子青又青

"杨叶拍咣咣，满地耩高粱。"八爷爷说，耩高粱的节气在清明前后，农谚说："清明高粱谷雨花，小满棉花不回家。"墒情好时，高粱在地里打个滚，四五天就可出苗。风调雨顺时，高粱长得很快，"麦子掉了头，高粱漫过牛"。麦收时节，高粱已经齐腰深了。

我六七岁时，看坡的八爷爷经常带我和妹妹去河子西的高粱地里玩儿。我们还是喜欢杂交高粱，因为它棵子发甜，我惦记着这些"甜棒"，趁大人不注意，总爱折几棵。让八爷爷逮着了，免不了挨顿训。看着丢在一旁半生不熟的高粱穗，他嘴里连连发出啧啧声："唉，糟蹋粮食呀！"但八爷爷往往又体谅孩子们贪吃顽皮的天性，也为防止我们再"滥折无辜"，就教我们选甜棒："要挑细点的，秫秸的颜色要往深里绿，折的时候从根骨节上一用劲，发出一声脆响的，保管甜。"并亲自折几棵秀不出穗的高粱让我们解解馋。

其实，在高粱地里，吸引我们目光的不光是甜棒，还有姑米（乌米），姑米是高粱感染结出的一种孢状物，外观饱满诱人，白皮黑瓤，微甜发面，有股特别的清气，经常吃得我和妹妹嘴上灰黑一片，像是画上了一圈黑胡子。姑米还是种药材，能够调经止血。生产队一般是不允许小孩子打姑米的，因为姑米的诱惑藏在刚刚打包的穗头上，小孩子认不准，往往糟蹋了庄稼。

八爷爷有点絮叨，有时我也搞不清，他嘟嘟囔囔是在和我们说话还是自言自语。他说，吃红高粱的人命苦，老百姓就是吃红高粱的；又说，高粱地是打鬼子的好场子，然后就唱起《九一八小调》来："高粱叶子青又青，九一八来了日本兵。"

跟着八爷爷总有吃也吃不完的野物：烤蚂蚱、烧地瓜、燎青豆，藏在草丛里黄灿灿、香喷喷的小野瓜，高粱包里藏着的一嘟嘟的姑米，直吃得我小肚子圆圆的。妹妹在高粱地里唱着："高粱叶，哗啦啦；不是你，就是他。"或者唱："高粱叶，吹哈哈（唢呐）；俺娘不给俺说婆家。"

这片高粱地很大，我们半天走不出去。清晨，太阳从东边的高粱地里升起；傍晚，太阳又从西边的高粱地里落下，霞光中的高粱红遍大地、红向天边。露珠在高粱叶上悄悄溜下来，啪嗒一下子滴到下面的高粱叶上，攒攒劲再往下溜，它一心想扑进大地的怀抱。葫芦花开，蝈蝈欢唱，蜘蛛在高粱地里忙上忙下。高粱还没秀穗前，一大群麻雀就闹哄哄地飞过来飞过去，它们比谁都盼着高粱快快成熟。

你要跳舞给谁看

作为北方的主要粮食作物，粗糙的高粱曾温暖过我咕咕作响的胃。我上中学时，土地包产到户了，我和妹妹都到了扛起锄头锄地的年龄。好吃的小麦和挣钱的棉花挤占了高粱的生存空间。高粱逐渐从人们的眼前萎缩。但我们家仍然在四场种了五亩高粱。二十来天后，要锄头遍高粱了。妹妹愁着不会剜高粱苗，我说，别愁，等到星期天，我叫上几个同学帮忙，一天就锄完。头一个星期从家返校时，我就在自行车后座上绑了四张锄。到了下一个周末，我早早起床，叫上李民、秀顺、增华、其文，从利津二中出发，一直往北，到了罗镇再往东，骑行五六十里到了四场地和妹妹会合时，太阳刚刚升起一竿子高。

  锄地的活里面，最有技术含量的就是"剜高粱苗"。有三道工序。一要锄净垄背上的草。二要给高粱定墩。为一株高粱定墩，必须三锄挖出一个窝，让高粱苗蹲在窝中间，以备在干旱的春天，即使只下一点雨也能让高粱活下去。高粱耐旱，根扎得深，哪怕你剜苗子时不小心锄断了几条根，只要有一条根须与土相连，它就死不了。三要间苗。高粱不能密植，不然容易倒伏。俗话说，"谷要稀，麦要稠，高粱地里卧住牛"。间苗的原则是"稀留密，密留稀，不稀不密留大的"，老乡们总结的要诀更形象，"老鸹大续窝，一步留三棵"，也就是在一步之内只留下三棵高粱苗，其他的要锄掉。这三道工序使高粱的待遇在庄稼里与众不同。在四场看坡的八爷爷来到我们身边，瞅着我们几个学生锄地，瞅了半天，念叨着走了："瞒头扔砖，两耳挠腮，背后一顶，单等雨来。"我知道，他说的是剜高粱苗的口诀。

中午吃饭时，妹妹拿出从家里带来的糖火烧和咸菜，这是当时我们家里能拿得出的最好的饭了。一只塑料水壶传来传去，每个人都灌上一肚子凉开水，坐在高粱地边休息。秀顺拿出了他的口琴，一曲《校园的早晨》，贴着高粱苗漫开去，感动得高粱叶子乱颤……

剜过的高粱苗虽然二郎八蛋、东倒西歪，但这并不妨碍它长大成人。一场雨后，高粱的身子蹿了起来。不久，高粱的脚后跟长出一圈的脚趾头，这些弯弯的脚趾插进地里。随着高粱的长高，又一层脚趾头长出来插进土里，高粱的身子骨更健壮了。

第二遍高粱是妹妹自己锄完的。高粱是诗意的，但锄高粱却没有多少诗意，劳累，闷热，出汗后高粱粉粘在身上，痒痛难耐，这种辛苦妹妹比我经受得多多了。

高粱的高是奋斗出来的。春天和高粱一块播种的庄稼，已经没有比高粱更高的了。高粱秀穗的时候到了。秀穗就是一个新生命的分娩，只不过她的头是朝上分娩的，最先承泽阳光的是她红润的头顶。高粱抽穗的过程很慢，你想在一个光明日看完一株高粱的抽穗，肯定会失望。最好是像我这样，在高粱打包时，就在她身旁搭一个看坡的窝棚，近距离地凝视她抽穗的美。

其实，到一个自己心爱的人身旁安营扎寨，本来就是一件再幸福不过的事，何况还有遍野的纺织娘在没日没夜地为我歌唱。

纺织娘在高粱地里有，高粱地外也有，直到我把一坨绯红看得飞上高粱的脸，她还在起劲地唱。

要说跳舞给黄河口看，玉米不行，要看高粱。高粱是天生的舞者。它俩相比，高粱柔软，玉米挺拔；高粱叶子窄长，玉米叶子宽短。高粱喜欢风抚弄它亮亮的叶子，如果有风吹来，玉米顶多晃晃叶子，高粱则激动得身子起起落落，并发出沙沙的私语。

刚秀完穗的高粱，风仪乍露，情窦初开。一束束穗子就是被高粱秆挑在空中的一首首诗。

妹妹这时又来锄三遍高粱了。她的心也随着高粱起起落落。高粱花子纷纷落了妹妹一头。锄高粱的妹妹个子也长起来了。高粱红，高粱地里妹妹的脸也红。妹妹一钻进高粱地，我就分不清哪一株是高粱，哪一株是妹妹了。

我要在阳光里上色

三遍地锄完，就该挂锄了。

高粱根粗穗大，都长成了一棵树，竟然还没有罗圈腿儿。

这一段日子，除了轰也轰不走的鸟儿们，高粱不喜欢任何人打扰。她要晒米了。

高粱在阳光下一天天地上色，它刻意吸收的太阳能量，最终都要被吸收到探马桥村的一个穷小子身上。

立秋之后，高粱脚底下的蔓蔓子草会爬一地，我和妹妹将一片片的蔓蔓子草割下来，晒个六七成干，装了满满一车，拉回家青贮起来，这些蔓蔓子草是冬天牲口的最爱。当我把车踩好，爬上车顶，望见晚霞中的红蜻蜓正在高粱穗的上空飞翔，极目天边，一切都深深地浸在高粱无边的红色中。我想，找一张巨大的毯子，放到成片的高粱的上面，让高粱托住我和我青涩的理想，在上面打几个滚，该有多么恣儿。

妹妹说，等高粱熟了，剪高粱时，只能你自己来了，我报了个班，要去学裁缝了。我知道，娘真给妹妹找了一个婆家，还要让妹妹去学裁缝手艺。妹妹说，哥，俺不愿意。我说不愿意就散嘛。妹妹使劲抿了抿嘴唇。一阵风来，高粱叶子哗啦啦地响。

收获的季节来临了，太阳思恋的芒从云层里穿过来，紧紧握住每一株高粱穗子，高粱站立的美丽即将终结。

到四场去收高粱

在所有的庄稼里，高粱距离太阳最近，晒米晒得也最通透。我喜欢藏在庄稼地里的感觉。那和藏在人堆里的感觉完全不一样。高粱地里隐藏着太多危险的快乐，一如莫言的那片红高粱。茂密幽深的高粱地，倩影横斜，暗香浮动，最适合演绎古朴的爱情，但老谋子的电影《红高粱》搞得有点过于夸张，偷情野合、耳热心跳也就罢了，还非要踩倒那么大一片高粱。一个美好故事的发生，只需要一片高粱地就行了，根本不需要糟蹋那么多的高粱。

已是深秋了，我要去看看聆听过秀顺口琴独奏的那些高粱长成什么样了。早晨，我早早赶着驴车往四场洼地走。旷野上，只有一辆驴车得得前行。秋天的兔子吃得肥滚滚的，在收割后的豆子地里撒欢。云雀的叫声不时从天空掠过。远处，看坡的人在几棵柳树上搭出一个凉棚，凉棚边上，是两只老鸹窝。在皎洁的月夜，躺在这树上的凉棚中，与老鸹做伴，闻着遍野成熟的庄稼气息，睡上一觉该是多么香！

四场就要到了。高粱傲然地站在田野上，它的清高，来源于对自己身高的底气——作为一种庄稼，长个一年半载的，怎么可以苫不住人呢？洼地里这片高粱，可是从远在四五十里之外的前桥村运来的种子。或许，我就是那只飞翔的鸟儿，这卓然站立的一片，就是亲人留给我的一个落脚的驿站？见我来了，高粱在深秋的风中扭来扭去，身材的弧度使人迷醉。我知道，在黄河故道的洼地上，它已等我多时了。

  我把驴拴在地排车架杆上，让它自己啃草，驴吃起蔓蔓子草来，头也不抬。我开始用右手把高粱穗用一种叫搣子的刀子快速扦下来，高粱穗一倒一颠，一穗咬着一穗，从左手到胳膊肘摆成一层，放到一根削好的秫秸上，这样摆上五六层之后，用秫秸拦腰一捆，一个高粱头就捆好了。等把一地的高粱穗扦完，天色已晚。我把高粱头扛到地排车附近，顺手赏给驴几棵高粱穗，然后套车、装车，又割了几抱豆子扔在车顶，赶着驴车，走向夕阳下的村庄，鞭梢在空中荡来荡去。夜渐渐深了，我穿得有点单，干脆趴在高粱垛上，热烘烘的高粱穗子暖和着我的身子。我很少吆喝驴，老驴识途，这条路它已跑了不知多少趟。满天的繁星照着一车高粱，我家的场院越来越近了……

  高粱粒子已入了囤。高粱秸一直站着，在田野里站麻了腿。等所有的庄稼都收完，只有几朵瘪肚子棉花桃挂在秆上，人们这时才想起该清高粱秸了。清高粱秸有两种办法：一种是用镰从根削，把茬子头留在地里过冬；一种是将高粱秸用镐子连根挝起。我家四场地里的高粱秸一直站到秋后，还是我用了一个星期天去挝完的。我拢过一片高粱秸，把镐头抡向天空，噼里啪啦，一天工夫，高粱秸都被平放在了地上晒太阳。从那以后，我们村再也找不到成片的高粱了。

火红的高粱地不见了，高粱叶的哗啦声听不到了，偶见地边点种的几棵，稀稀拉拉，成不了气候。现在的孩子，已经很少见过高粱的样子，大地上摇曳的风情不见了。

谁能告诉我，我的高粱哪儿去了？

高粱是不老的乡愁

我想我的高粱了，我要回家。我怀揣着高粱的名字回家。可大地上已找不到成片的高粱。我家的老屋已经坍塌，父母早已回归土地，妹妹已经出嫁。坚守的只有院子里瘦骨嶙峋的两棵枣树。

怀念故乡的高粱地，微风漫熏，阳光横陈。思恋大地上那片高挑的美丽——静美而热烈，朴素又野艳，与天空最切近，和大地同辽远。

高粱，是故乡的红裙，秋风一来，艳丽一片，裙裾飞扬。

高粱，是田间的诗人，总把不老的乡愁在秋风里点燃。

长果

蔓子下的情事

长果

即花生,一年生草本植物,叶子互生,有长柄,小叶倒卵形或卵形,花黄色,子房下的柄伸入地下才结果。果仁可以榨油,也可以吃。是重要的油料作物之一。

大地生我为果，让我一生向善。

——题记

"麻屋子，红帐子，里面住着个白胖子。"这是一则人们很熟悉的谜语，谜底是花生。花生的老家在南美洲，明朝时传入中国。她实在想不到，移民到中国广袤的土地上后，天南海北都能生长，而且不同的地方又给她起了不同的名字，什么落花生、千岁子、长生果，什么泥豆、地豆、地果、番果，在我黄河口的乡邻们口中，她被直接叫作"长果"。

我很喜欢清人吴其濬《植物名实图考》中关于落花生既准确又生机盎然的解释："处处沙地种之……俗呼番豆，又曰及地果。……花落时根下结实如豆。"顾名思义，落花生，就是因其花落而果生。刘华杰教授《燕园草木补》中对这种蔷薇目豆科植物是这样说的："一年生草本，根部有根瘤；茎近直立，长30—60厘米，茎和分枝均有棱，被黄色长柔毛……荚果长2—5厘米，膨胀。"

或许就是这长长的荚果让她有了"长果"这好听的名字吧。在庄稼里，长果的植株是最矮的，但她却是最香、最诱人的，而且吃她时不用经过繁杂的加工手续，一弯腰拔起一棵来就可以大快朵颐。

长果喜欢沙地，尤其喜欢死了我们村河子西的沙地。这一点，我从小就知道。前桥村西有两条河沟，离村近的一条叫"一河子"，因土质松散，塌坡严重，延伸到后桥村的西边已经成了"碟子"。再远一点的一条叫"二河子"，县志上叫草桥沟。两条河沟之间的土地，以沙土为主，村里人叫"河子西"。河子西，一个多么美丽的名字！就是在河子西这片土地上，长果年年都美丽给我看。

长果开花是急性子，从点种到开花也就一个来月，不经意间，她已在叶子后面闪出了一张惹人怜爱的脸。开花早，花期却长，长到两个来月。长在分枝顶端的花是谎花，只开花不结果。开在分枝下端叶腋里的花才是可孕花。长果通常具有小叶两对，叶柄基部紧紧抱着茎，亲得不得了。

一株长果开起花来没完没了，有的能开到一千多朵，开花授粉后，从枯萎的花萼管内长出一条果针，慌慌忙忙开始了私奔之旅。去哪儿了呢？子房偷偷钻到了地底下，悄没声地造起了小孩儿——这孩子的名字就叫长果。

这段地下情事，如此隐秘，又如此美好，以至于在没弄明白长果生命科学的年代，让人莫名其妙。清朝李调元《南越笔记》里说："凡草木之实，皆成于花。此独花自花而荚自荚，花不生荚，荚不蒂花，亦异甚。"好像花生的果实和花没有什么关系，你开你的花，我结我的果，爱情和婚姻是两码事。谁能想到，花生的情事，会是如此的别致浪漫呢？

我是你今生隐秘的王

你羞黄地盛开在上空

我兀自结果在地壤

地猴子做证

我们爱过

不要地老天荒

只要私奔的子房

只因那个德国的大胡子说过

不以恋爱为基础的拜花堂

都是耍流氓

陆地上的植物，好像只有长果在地上开花，地下结果，而且一定要躲在黑暗的土里才能生长。她笑嘻嘻地说，我已找好了我的产房，隐秘而妙不可言，就在黄河口的沙壤中。不要叫我裸露出地面，不然我会使性子不长了，并会干瘪回去。

长果是我国四大油料作物之一，山东又是长果的主产区，产量占到全国的三分之一。而黄河口新淤地沙性强，最适宜种长果，我们村草桥沟沿上，更是长果的天堂。

八爷爷站在草桥沟的地头上，让我们一群孩子猜谜语：

根根胡须入泥沙，自选房屋自安家。

地上开花不结果，地下结果不开花。

八爷爷的谜语很多，在河子西的田野上，我们经常跟着他猜谜语，猜对了，就经常会有野地里长出来的东西犒赏我们。

猜着猜着谜语，长果的肚子在地底下就悄悄地鼓了起来。整整一个晚上，一棵长果都在支棱着耳朵，听一只田鼠偷花生的声音，那声音越来越近，当挖到它身边的根须时，突然停了，接着长果听到了一只刺猬的咳嗽声，田鼠跑了。

八爷爷说种长果要有耐心，心急吃不得好长果。长果要等到过了秋分再收,才会上足油,果子才会又成又香。盼望着,盼望着,收长果的日子到了。收长果要用大镐或爪笆一棵棵挖。无论怎么用心,长果是挖不干净的,总有一些落在土里。和收麦子、豆子一样,长果是需要"复收"的,而复收长果往往是我们这些小学生的任务。那年,河子西沟坡上的长果可真是大丰收啊。无论是挖长果的社员还是复收长果的小学生,都趁机解个馋。队长平时的眼是很贼的,我亲眼见过种长果时,一个偷吃长果种的后生让他血头血脸地熊了一顿,可今天队长的眼神好像不大好使。只是他自己一个也不吃。我奇怪这么好的东西队长咋会不馋呢?现在想来,一个说话压碴的领导,必须要学会克制自己的各种欲望啊。

收长果的日子,是我们前桥村的节日,也是全体村民的盛宴。我们翻出长果来,也不顾果子上还沾着土,就往嘴里填。八爷爷说:"脏着吃脏着长。"刚离土的长果,清香水嫩,能嚼出阳光的味道。

长果拉到生产队的场里,要晾晒一些日子。趁个好天气,村里的妇女们就会集中到场院里,叽叽嘎嘎,热闹非常,摔长果是她们的活。她们在场边排成一排,噼里啪啦摔着长果棵,果子飞向场院中间,采摘干净的长果蔓就顺手甩在场外,这渐渐升高的长果蔓垛,吸引着牲口们深情的目光。

这些堆起来的长果还要晒几天,然后就会按斤称分到各户。可这并不是真的分给社员了,而是分到各户里去剥,花生仁还要交上来,再统一到公社去交公粮,一百斤花生出多少仁,都已测算好了,秤高秤低的事。交完规定的斤数,剩下的几斤才归户里。剩下的花生,挑出一部分留作种子,最后分到户里的就少得可怜了。

但不管怎样,剥长果永远是一件快乐的事情。在昏暗的煤油灯下,母亲领着我们姊妹几个剥长果,那咔吧咔吧的美妙的声音,总能引得人不停地咽唾沫。

剥长果的好处是能挣工分,经过母亲的允许,还能吃几个秕子。其实从口感上,我觉得秕子反而比实成的大仁还好吃。

队里的长果种和麦种、豆种等就存在生产队的仓库里,仓库在村子最西头。门上边和下边各一把锁,钥匙由两个保管拿着。保管是有头有脸的人物,当啷在腰间的那串钥匙,就像将军服上的肩星,让人眼红,是实权的标志。为确保仓库安全,队里还安排了一个光棍汉子住在与仓房紧连的西屋里。即使这样,仓库还是在一个月黑风高的夜晚被人从墙上剜了窟窿。我们一帮孩子去看时,民兵已经端着枪把仓房围了起来,等公安来破案。

队长正心疼地跺着脚:"长果种一个没剩啊!种子粮,命根子啊!日他娘啊!"那个光棍汉捶着胸膛说:"我该死啊,我咋睡得跟死猪一样啊!一点动静没听到啊,日他姥娘啊!"虽然这么一霎,小偷的两辈家人蒙羞,但印象中这个案子好像没破。过了几天,我就被父亲送到我们村的洼地——一个叫四场的地方去拾庄稼了。

我去时,村子里的花枝已比我早去了几天。八爷爷被村里派来看了一秋的庄稼,他帮我搭了一个窝棚,紧挨着花枝的窝棚,晚上,我们睡在窝棚里,窝棚外,虫子彻夜地鸣叫。整个白天我们都忙着拾庄稼,午饭就在地里吃口凉的,早晨和晚上花枝都会把小锅子蹾在一个就地挖的土灶上,熬点白豆黏粥。那阵子,可能是我这辈子白豆黏粥喝得最多的时候。

拾来的豆子晒晒后就在空场院里打了,装进口袋里。天一点点变凉,口袋一天天见高。四场地的最西头是一片沙土地,队里在这里种的长果。虽然已经收过,但只要有耐心,每一个挏过的花生窝里都能翻到花生。在贫瘠的日子里,这些被遗失在土里的又鲜又香的果子,是自然给我们这些苦孩子的恩赐。我们边捡边吃,先吃够了,才往小布袋里拾。八爷爷说,吃长果可以长记性,特别能治老胃病,你看,远处老河道边上那个屋子,住的就是咱邻村栓柱家的闺女，都说她让淘气领着跑到东北去了，其实就藏到这荒洼里来了。那闺女原先有胃病，在洼里拾了两个秋天的长果，见天吃长果，把老胃病养好了。还生了个小子，都会跑了……

拾长果时，花枝的手快得像鸡啄米，让我羡慕得不得了。傍黑回到窝棚时，我们的口袋一同放在窝棚口，我的口袋羞惭地蹲在花枝的口袋旁，明显地矮着一大截。第二天，花枝把两个口袋的花生哗啦倒在一起，晾干了后，分成了平均的两份。

最喜欢下雨了。还没等雨全停下来，我们就奔向长果地。沙土被雨一淋，露出来的长果到处都是。有的长果，或许本来就只是被一点点土盖住了，可你就是发现不了，最后只能终老一生，烂在地里。一场雨后，她就仰躺在那里，露出诱人的肚皮。我把她抠出来，放到口袋里，连同土的馨香一同带回家。

拾庄稼的另一大乐趣就是掘老鼠窝。田鼠部落的打洞能力极强，它们远离村庄，选个大豆、长果肥美之地而居，把洞设计得跟迷宫一样，有卧室，有餐厅，有KTV包厢，最大的当然是仓库。庄稼熟了，它的地下宫殿也建成了，谁也无法阻止它把这些又美味又有营养的大豆和长果拖进洞里。整整一个冬天，它和成群的妻妾生儿育女，乐享天年。那个秋天的下午，我扛着一张锨来到它的王国之上时，它们可能正在地下联欢。我要找的是仓老鼠的仓库，但它比狡兔还要狡猾，它会挖上些"谎洞"，引得我的铁锨迷路，花枝在一旁帮我做着判断。当我真的找到仓库时，地已被我挖得乱七八糟，仓老鼠领着它的妃嫔们四散奔逃，我想用锨把它们拍死，被花枝拉住了。从老鼠窝里掏出的长果又大又成，足足有四十斤。仓老鼠也真够实诚的，日子奢华到这种程度。可怜它不知忙活了多少个夜晚，用嘴一颗颗叼到窝里，现在被我起获，还差点搭上卿卿性命。我和花枝把长果平分了，背着袋子朝黄昏中的窝棚走去。两天后，大人们来接我们回家时，咋也想不到我们会拾到这么多粮食！

长果大多是两个仁，但也有仨仁、四仁的，我们叫三果子、四果子。如果碰上，我们会挑出来，稀罕半天。在村子里，谁家娶媳妇儿时，压床的东西里，都要有枣，有桂圆，有石榴，但最不能缺的是花生，寓意"早生贵子"。八爷爷说："多挑三果子、四果子，花生，花生，花着生。生一个小子，再生一个闺女，多子多福啊！"

三十年过去了，长果年年从沙土深处探出头来，带着土的柔情，带着秋的香气，与我相遇。这种黄河口独有的柔情和香气让我感念终生。我时常想起种满长果的沙岗，想起远嫁千里的花枝，想起埋在草桥沟边的八爷爷。我有一个梦，就是退休后，回到老家，在草桥沟岸边，种上几亩地，把青葱的诗句写在故乡的大地上。秋日的黄昏，柳树下，草棚边，小酒一壶，粗肴两碟，最好的酒肴是那碟煮长果。晚风中，我与一碟长果对视良久。品咂着她隐秘的香味，我心想：庄稼里，咋会有这么好的东西呢？

向日葵

没办法,只有爱

向日葵

一年生草本植物,茎很高,叶子互生,心脏形,有长叶柄。开黄花,圆盘状头状花序,常朝着太阳。也叫葵花。种子叫葵花籽,可以榨油。

向日葵起床不用我叫，每天到了点，它就早早醒来，歪着脖子等太阳。太阳永不失约，也总是不急不慢，从地平线上一点一点拱出来。

尽管万物生长靠太阳，但在黄河口，没有任何一种庄稼，跟向日葵这样对太阳着迷。向日葵的爱情，是单相思的迷你版。爱他，微笑的面庞永远朝着他；爱他，热切的目光永远追随着他。明知相思苦，偏要苦相思，天性如此，有啥办法呢？

天性这种东西，你不好说，也不好改——乌鸦昏啼，喜鹊晨鸣；人参投暗，葵花向阳，这么多美好的事情都要发生，你又有啥办法呢？

克丽狄亚是一位水潭仙女。一天，她在森林里偶遇正在狩猎的阿波罗，不可救药地爱上了他。阿波罗对此却浑然不觉，转身离去了。克丽狄亚便一天天仰视着天空，望着阿波罗驾着太阳车轰隆隆从天庭走过，粒米不思，形容憔悴，一遍遍对着太阳倾诉：伟大的太阳神啊，你是我永生永世的恋人。你在天上，光芒万丈；我在地下，痴情仰望。你知道我有多么爱你吗？

众神怜悯她，把她变成了一株向日葵，脚站成了根，玉体变成了枝叶，脸变成了金色的花盘。

向日葵自己也是神，但她爱谁不行，偏偏爱上了天之骄子阿波罗。太阳神又压根不知道深深地被爱着、被守望着。沉默的爱——这是向日葵的花语。这种爱情从一开始就是不平等的：你是我的神，我的唯一，我的一切。你只管东升西落，我负责笑靥如花，用一头艳黄诠释着痴情的爱。——没办法，只有爱。死了也要爱！

这痴情的花儿并不是原产于中国，它的老家在北美洲。一五一〇年，西班牙殖民者在美洲发现了向日葵，并把它带回欧洲献给了女王。欧洲人开始大面积种植，后来又把它带到了中国。明人王象晋《群芳谱》有载："丈菊，一名西番菊，一名迎阳花，茎长丈余，干坚粗如竹。……只生一花，大如盘盂，单瓣色黄，心皆作窠，如蜂房状。"现在的向日葵，也有一株上开多个花头的品种，只是个高花大的特性从来没有改变。

但这里有一个问题，我一弯腰就能捡拾起明朝前我国古诗中关于葵花的一沓诗句，"青青园中葵，朝露待日晞。阳春布德泽，万物生光辉"（汉乐府《长歌行》），"葵藿倾太阳，物性固莫夺"（杜甫），"更无柳絮因风起，惟有葵花向日倾"（司马光）……这些都与向日葵明朝才从欧洲传入中国的记载相矛盾，或许彼葵非此葵？

我的利津老乡们对许多东西都有自己的叫法，对向日葵，他们固执地叫它苍央花，或许是"长仰花"的讹音。它还有些俗味的称呼：葵花、葵、向阳花、朝阳花、转日莲等。"人民公社"时期，还是红小兵的我曾唱过一首儿歌：

小葵花，金灿灿

花儿向着太阳转

党是太阳我是花

红心向党永不变

那年的草桥沟崖上，在地瓜地边上种了几行向日葵，感谢队长，他说不为收多少，为了好看，反正也占不了多少地。向日葵个儿高高的，头大大的，真像是队长在河子西部署的一队哨兵。但这哨兵往往不等熟了就被人拗了头去了。生产队里的东西，小懒偣都是最先尝鲜的，他一手拿鞭子放羊，一手拿着地瓜或花生，有时是一只青棒子。今天他拿着的就是半个向日葵头。他一边吃着葵花籽，一边来到正在掘地的队长媳妇身边说，来，小嫂子，我让你猜个闷儿（谜）："尖尖嘴，对你说，团团屁股尽你捏。"队长媳妇说，我叫你再整天流流球球没正事，说着铲起半锨土甩了过去，小懒偣扑打着一身的土想窜，队长媳妇说把仓央花留下！小懒偣把没吃完的向日葵往地头一扔，嘿嘿笑着撵羊去了。

　　向日葵身材高大，茎直立可达三米，一年生草本，被白色粗硬毛，长长的柄挺着大大的叶，叶呈心状，卵圆形，边缘有粗锯齿。阿波罗打马从天庭走过，阳光爬过葵的眉梢，葵把这暖暖的记忆，一点点收藏在心里，个子一天天长高，叶子一天天变大。不知道什么时候葵的头顶上结出了一个小花盘，花盘的周围，长出了一圈黄艳艳的小舌头。初时，这些舌头还能包住娇小的花蕊，随着花盘一圈圈扩展，葵花就像显了怀的少妇，花瓣再想包裹那些小蕊，就会变成一种欲盖弥彰的美丽。这个时候，连天上的鸟鸣都是黄色的，数不清的少男少女徜徉在葵园里，一颗颗年轻的心在天上飞。克丽狄亚的痴情，化成了一望无际的金色火焰，向大地和天空宣示。

　　葵花美艳到这个程度，目的很明确，为了传宗接代。它的美人计很成功，没几个人能受得了这种粉黄的诱惑。一帮帮的昆虫来爬它，顺便把花粉弄得浑身都是。当虫子移情别恋时，花粉就自然传播到另一株向日葵身上去了。剩下的事情，就与虫子没关系了。葵的花盘里，挤满了受孕的小花，一朵花结一颗瓜子，它们很讲规矩。

葵花一天到晚转转转，但它的转动有点复杂。早晨偏东南，中午南，傍晚偏西南，倾斜度很讲究，一般小于二十五度。午夜时分回到正中直直脖，整个植株同地面垂直。暗中不知哪株葵花喊了声，向左转！所有的葵花开始转身，转向东南——太阳就要出来了。

一张美丽的大脸盘围着太阳转，正是葵花的奇妙之处。青春的动感，是天生的诱惑。葵花的这一转，就转出了万种风情。——突然就想起了高中时的一位女生，家住利津二院，是走读生，身姿曼妙，面庞娇嫩，走起路来好歪着个头，像一株青翠欲滴的向日葵。这一歪，折腾得我几个哥们神魂颠倒。好像没有男生有幸亲手量过她头歪的几何度数，但那绝对是一种恰到好处的歪，大概就是向日葵的倾斜度吧。

向日葵为何一根筋地跟着太阳转？科学家说，它转动是因为花盘下一个名为"叶枕"的部位受太阳光刺激，细胞膨胀，压迫花茎，促使幼嫩的花盘随日转动。

向日葵是标准的文艺女青年，又被痴情男女赋予了太多的想象。但其实她并不始终跟着太阳转动，尤其到她的脸定了型，转轴有点老化，她的头再也转不动了。热情正被耗尽，有了阅尽风霜的成熟——男神呵，我要低头反思一下这场美丽的苦相思，趁这秋还没有尽，我要专心结点籽了。

在小忧伤的年代，我曾骑行旷野，在黄河口大地上乱窜，在渤海农场、在军马场大片的林带中间，在成方连片的葵花林中，我熏然欲醉，向日葵苗条而艳丽的身子，让我怦然心动。

后来，我在垦利县城北边，在两座黄河大桥中间的万亩葵园见到过大片的葵花。车行大桥上，望到的是一片黄色的火焰在燃烧。黄河大堤的坡上，是几个硕大的字：在水一方。在万亩葵园，向日葵又一次展现出她集团冲锋的美。一种艳到骨子里的美，耀得我眼疼。十万只蜜蜂，跟着我在黄河口大地上旁若无人地走。封盖着河滩上的一切的，是那无边的葵花。万丈光芒，挂满天空。阳光下的花瓣，高贵妩媚，就像克丽狄亚曳地的黄裙。

这天公与地母爱情的结晶，这光明与仁厚交合的产物！

我曾无数次端详过梵·高的向日葵。那里，有一道常人难以开启的迷门。或许，只有神拥有抵达她心扉的钥匙。穿过这简单而夸张的画面，氤氲中我看到了那燃烧的血，感受到了一种既坚强又脆弱的情愫，一种生命本体中不可言喻的质感，一种难以企及的灵魂的救赎！

我的向日葵，一动不动地站在沟的那边，她是我前世的妹妹。这个妹妹，我喜欢。我喜欢她在每个滴露的早晨面向东方俯仰生姿的样子。大地上，无数的妹妹娇艳欲滴，无数的妹妹楚楚动人。在阳光下，她头顶金色的忧伤，沉郁地思索着。高高的苘棵，努力地伸长脖子，叶子蒙着雾一样细密的水珠，他想与葵花结草为盟。在黄河滩上，在葵花地里，有一些情事秘而不宣。

在黄河口色谱的大家庭里，最明亮醒目的是黄色，最幽暗神秘的是紫色。站在长满了曲曲菜、蔓蔓子草、驴尾巴草的葵花地里，我有点目眩。在河子西，这些不种而生、不扶自直的草木，才是真地主啊，而我，正像郑愁予诗里说的："我达达的马蹄是个美丽的错误／我不是归人／是个过客。"

向日葵，我一见倾心的恋人，激情四射的情人，忠贞不渝的爱人，在光天化日之下，踮起脚尖与我拥吻。这时节，我正华丽变身，以一株向日葵的姿势，和你一起，日出而作，日落而息……来，我的恋人，仰起丰满的脸庞，在爱的迷途上，尽情挥霍葵花一样的笑容。我要用这举世无双的桂冠，在黄河口浓稠的阳光下，为你加冕。

芝麻　我想住进你的香囊

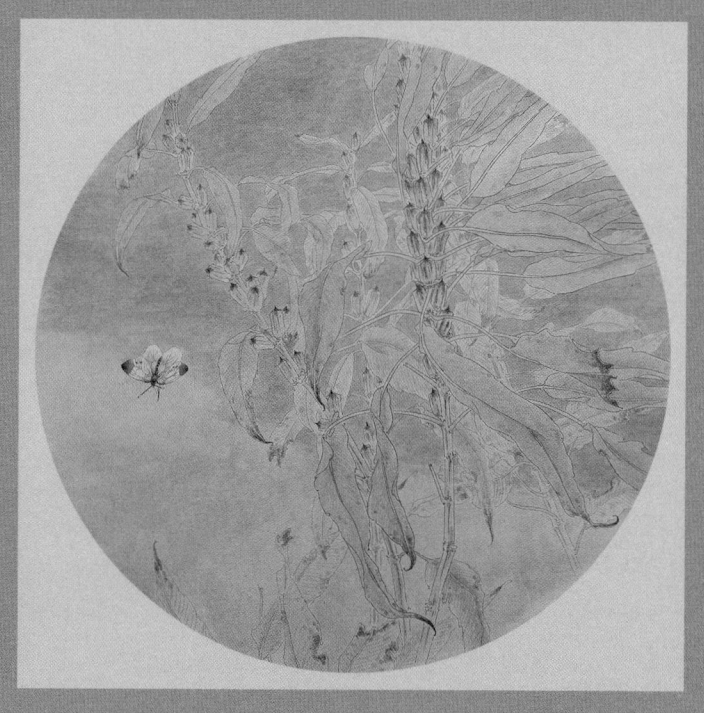

芝麻

一年生草本植物,茎直立,叶子上有毛,花白色,蒴果有棱。种子小而扁平,有白、黑、黄、褐等不同颜色,可以吃,也可榨油。是重要的油料作物。

芝麻荚，节节高

里面住着白宝宝

白宝宝，长大了

挤开门缝往外瞧

嘎巴嘎巴门开了

宝宝抢着往外跑

——黄河口童谣

美丽总令人忧愁。望着停泊在指尖上的一粒芝麻，我一下子想起了这句话，应该是沈从文说的吧。芝麻为何长得这么小，在五谷杂粮中小得令人疼惜；芝麻为何这么香，同样是榨油，为什么其他榨出的叫花生油、大豆油、棉籽油、蓖麻油，而只有芝麻，榨出的油叫——香油？不就是因为她最香吗？

我最早学着种芝麻，是跟一位本家的老姑学的，她叫红，住在我家西邻。叫她老姑，是因为她辈分高，其实她和我同岁。种芝麻的时候已是五月，其他的庄稼大都已长到了我的小腿肚子,地里活正不是太忙。我们两家的地紧挨着,在两条河沟中间。播种是条播的,红老姑说,一亩地用它六两芝麻种就行了。后来的薅草定苗、中耕除草,老姑都来喊上我一起去。

芝麻一天天长起来,超过我的膝盖时,她开始开花。开的是小小的白色喇叭花,带着紫红彩晕。所有花的花蕊都让人喜欢不够,尤其是芝麻的花蕊,她生出的好多蜜腺诱惑着我的舌尖,我摘下一朵,咂咂植物馈赠的这难得的甜头,而我的贪嘴,很可能会牺牲一个未来的芝麻荚。芝麻开花,拖拖拉拉。开一朵花,长高一节,开一朵花,长高一节。芝麻开花不为招蜂,也不为引蝶,而是为结芝麻。秋风初起,河子西的大地上浪漫无限,芝麻嘟起粉红色的嘴唇,等风来采。

趁我还没注意,芝麻已偷偷结了果。或许它结果的那半个月我正在学校里。整个高中期间,我吃粗粮,啃咸菜,炒菜是吃不起的。每个星期天下午赶往学校时,母亲都给我捎上一大罐头瓶子咸菜,咸萝卜条上沾了些碎辣椒或芝麻盐,那一点点香喷喷的芝麻盐,是我在学校里能吃到的唯一的油脂。

现在,芝麻一节一节结满了梭子样的角,我的目光就被她的蒴果吸引着。采下一个梭子角,再沿着角子的纵棱掰开，咬一咬嫩白的小芝麻粒，没熟，还是苦的。老姑说，早呢，还得一个月。接着就给我出了个谜语：

青竹蒿，兰草叶
同床睡，隔壁歌

不用猜，说的是芝麻。芝麻的果实多么有意思啊，像极了一大堆姐妹肩并肩躺在一个大房子里，可是又被间隔在一个个小闺房里，出阁之前，她们谁也见不到谁。

一个月之后，我和红老姑又出现在芝麻地里，一人手里拿着一张镰，收芝麻的日子到了。收芝麻并不太累，只要把芝麻棵子从根斜茬削下来就是了，只是要稍加留意，别叫芝麻角子扎了手。

收着芝麻，老姑还给我讲了一个传说：早先，麦子、高粱本来和芝麻一样，从根到梢都是有穗的，天下的粮食多得吃不了。天上的张天师下凡，装成一个要饭的，到一户人家，看到这家的孩子正拿着锅饼当垫子玩，张天师说，可怜可怜，给口干粮吧。一个女人拿着擀面杖就往外赶他，快滚，哪有吃的给你这叫花子。张天师挺生气，神仙也生气呀。老天爷见人们这么冷酷，还这么糟蹋粮食，就想惩罚一下人们，把庄稼的根向上一撸，麦子、高粱、谷子的头顶上就只剩下一个孤零零的穗头了，撸芝麻、豆子时，因为角子太扎手就撒手了。唉，要是麦子、谷子身上都长满了穗子该多好啊，红老姑说。可是谁叫人心这么狠，又这么不爱惜粮食呢。

整个上午，削下来的芝麻棵都不停地散发着幽幽的香气。傍晌午时，割下的芝麻被捆成了一小捆一小捆的，搭上车，到了家里。然后，又一捆捆地爬上房顶，斜着身子，在慵懒的秋日下，慢条斯理地晒太阳。

又一个好天气，红老姑说该敨（tǒu）芝麻了。芝麻从房顶上被小心翼翼地递下来，身子朝上。我不敢粗鲁地把她的身子倒过来。我怕她那些淡黄色的梭子，在底下的包袱还没来得及铺好的时候，就发出欢快的哗哗声。

芝麻已经完全晒透了，角子张着性感的小嘴，藏在里面的芝麻粒子已经有点急不可耐了。我抓过一小捆芝麻，刚倒过她的身子，碎银似的芝麻瀑布就哗啦流泻下来。

我右手握一小棍轻敲了一下，哗的一声淌下些芝麻。啪啪，哗哗，啪啪啪，哗哗哗。我和红老姑各自敲打着芝麻捆。老姑一边干活，一边哼着童谣——

小枣树，奔拉枝儿

树上有个小玛妮

小玛妮，手乖巧

两把剪子对着铰

右手铰了棵牡丹花

左手铰了棵灵芝草

灵芝草上一对蛾儿

扑扇扑扇过天河

过了天河我的家

铺下帘子晒芝麻

一晒晒了两碗油

大家二家来梳头

大家梳了个漏兜撒

二家梳了个光油油

顶数三家梳得好

蚊子上来打跟头

……

　　因为蘸着香油梳头，梳得油光铮亮，连蚊子上来都站不住脚。多么灵动的语言，我只听了一遍，就再也忘不了！

　　包袱里的芝麻叶子和梭子被拾掇干净，剩下干干净净的芝麻，一部分拿去换了香油，换了麻汁，一部分被母亲压成了芝麻盐,藏在一个罐子里,剩下的存起来当芝麻种了。芝麻不是主食,但要年年种。古代养生家陶弘景说:"八谷之中,唯此为良,仙家做饭饵之,断谷长生。"苏东坡说芝麻强身延年:"以九蒸胡麻,同去皮茯苓,少入白蜜为面食,日久力气不衰,百病自去,此乃长生要诀。"这么好的东西,农作物家族中怎么可以缺少呢?

芝麻是我们黄河口的尤物,儿时,那罐头瓶子里藏着的麻汁想想都让人流口水。如今,尽管也能买到这些东西,但总也吃不出那时的香味,大地上已难见芝麻的倩影,只剩下一句"捡了芝麻丢了西瓜"的谚语。但我想,当你寻求的就是芝麻的香气,二者又不好兼得时,为什么不去捡了芝麻,丢了西瓜呢?人不能太贪心,不可能什么都如愿。这是红老姑说的。

不能不说说芝麻秸。打完了芝麻的秸子,晒干了,是绝好的烧柴,因为它的火不软不硬,是打水煎包和下饺子时开锅的首选柴火。小时候,只要看到娘往灶膛里抱芝麻秸,那就是要吃到好吃的饺子,我的口水就忍不住地流下来了——好吃莫过饺子,舒服莫过躺着。

不管怎样,如果能像黄河口的孩子一样从小接受这样的喂养,应该是一种幸事:心肠像麻汁一样柔软,骨骼像芝麻秸一样坚硬，品行像芝麻油一样馨香。

芝麻，小巧可人的芝麻；芝麻，风采迷人的芝麻；芝麻，楚楚动人的芝麻。——芝麻芝麻，我来了，开门吧！

地瓜
深埋在地下的诱惑

地瓜

一年生或多年生草本植物,蔓细长,匍匐地面。块根皮色发红或发白,肉黄色或白色,除供食用外,还可以制淀粉、糖和酒精。

人生充满了诱惑，有的诱惑在天上，有的诱惑在红尘，有的诱惑在水中。地瓜的诱惑在地下。

拱地瓜

我是一头猪，我是一头有名的猪，我的名字叫老海。老海的名字是小新起的。小新是我的小主人。今天早饭时，小新又端着一只大碗呼呼啦啦地喝地瓜黏粥。我认为喝地瓜黏粥最好像小新那样，端着碗转着圈喝，先喝碗边沿的，心急喝不得热黏粥嘛。而且最恣最好的喝法是，喝两口稀粥，吃一口地瓜，嚼一小口咸菜，再喝两口稀粥，吃一口地瓜，嚼一小口咸菜。这样喝到两大碗才叫饱。因为小新一直是这么喝的。可是今天小新才喝完一碗，锅里就见底了。小新娘边刷锅边说，吃了饭到薄家窑放猪，带张锨，去翻地瓜，中午也别回来了。我知道那些刷锅水一会儿就会倒到我的槽子里来，我还知道薄家窑是个只有十几户人家的小村，但地多。每到秋后，小新和小伙伴们没少到薄家窑地里拾庄稼，更多的时候是放猪，也就是放我。俗话说七岁八岁狗也嫌，但我是猪，我不嫌他。从六岁上学开始，放猪就成了他的任务。没有他，我哪能吃到那么多香甜的地瓜。

当小新端着一盆刷锅水向猪圈走来时，我又感激地哼了哼。平常一看到猪食倒进槽子，我就扑过去，大张着猪嘴，呱唧呱唧猪吞猪咽，那是饿的。看着小新今天端来的清汤寡水，我知道现在只能先弄个水饱，想吃饱，就得等到了薄家窑地里，自己去拱地瓜吃。猪生在世，实在不易，受冻挨饿，好不容易长成个猪样子，还得随时准备挨上那一刀。我还好说，每年都要下窝小猪，一窝至少下个十一二只。那些和我玩的公猪就不行了，养养就被处理了。人还经常好拿猪说事，明明是他们人笨，却骂人是笨猪；明明是人眼神不好，却骂人猪眼神。哼，我们招谁惹谁了？

小新赶着我出村时，太阳已经两竿子高了。往西走三里路，到了草桥沟，沿着沟崖再往北，这条路我很熟。说是他放猪，其实是我领着他。经过收割过的豆子地、花生地时，我没有停下脚步，只是哼了哼，这片土地已被我拱过好多次，我的目标是薄家窑。

在河沟崖上碰到放羊的老光棍小懒佰，手里拿着块地瓜啃。他看了看我,对小新说,我给你找个媳妇吧。小新可能肚子饿,懒得理他。小懒倌说这媳妇长得可俊了,"穿着两双小皮鞋,长着一对大耳朵,两排奶子紧甩答,一走一哼啦"。小新说,老东西,给你自己当媳妇吧!说着抓起把土来向小懒倌扬去,小懒倌一猫腰跑到沟底去了。

  草桥沟多么长我不知道,薄家窑几户人家我一眼就能数过来。收㧟过的地瓜地已被人翻过,也被猪拱过,想再翻点地瓜并不容易。小新掘了半天,只翻到一块小瘪肚子地瓜,我的猪拱嘴在地瓜地里快活地游走,先拱出了一块小的,三口两口就吃到肚子里去了。我看到小新羡慕地望着我,便拱得更起劲了。小新想学大人那样锨把挂在下巴上休息,没有成功,他还没有锨把高呢。

翻地瓜

  老海用长鼻子把暄土往边上一撩,破土挺进,几下子叼出了一块大家伙。它张大猪嘴含住地瓜,涎水慢慢往下流着,先是甩了甩头,大耳朵呱唧了几下,然后用一只猪手摁着,咔嚓咬了一口,连看也不看我一眼,嘎吱嘎吱吃起来,头还一点一点的,好像在说,不错不错。

这明显是馋我，羞我。

我知道老海拱地瓜吃可不光为了它自己，它肚子里还有十几只猪仔呢。三个月前爹刚去付窝集上卖了一窝小猪，老海下的。老海找不到孩子，很是疯了几天。过了段时间，爹说老海又开始打圈子了（发情）。大人们都很忙，让我赶着老海去后桥村。张五叔用一块地瓜把老海引到猪圈里，他家的那头大公猪老花正在转来转去。老花和老海见了面哼哼了两声，互相闻了闻，就搞到一起去了。老花尾巴下圆鼓鼓的东西哆嗦着，好像风中的两颗大零枣。老海眯着眼睛，哼哼唧唧，一会儿就完事了。张五叔说，赶回去吧，钱，秋后再说。

我感觉每一头猪的鼻子上肯定都安装着一个导航，哪里有地瓜，这导航就引导着猪嘴往哪里拱。唉，找地瓜时，我竟然不如一头猪！我又使劲刨，刨得出了汗，一块也没刨着。这时，老海又拱出了一块，嚼地瓜的声音比刚才还响，而且边吃还边瞟了我一眼。我恼羞成怒，这是赤裸裸的挑衅。看到老海又从沙土中掏出一块大地瓜，我抄起铁锨朝猪腚上拍了一下。老海跑了两步，回过头来望着我，好像在质问："臭小子，为什么打我？"我又打了它两坷垃，大声说："放下！"老海极不情愿，气哼哼地放下那块大地瓜，嘴里嘟嘟囔囔，对我的不劳而获，嗤之以猪鼻。

在村里，我们姓郭的是大户，祖祖辈辈老实善良是出了名的，我觉得我这样对待一头猪实在有点不厚道。猪是我们家的功臣，是我们家重要的经济来源，它吃的是猪食，产下的却是一窝又一窝的猪仔。我想，怪只怪我没有长着猪一样的长嘴。拖过那张大锨，我又开始翻，这时听到哧啦一声，那声音是那么清脆，又那么悦耳，可惜好端端的一块地瓜被我掘断了。我拿起半块地瓜瞅了瞅，地瓜奶从断茬上渗了出来。我舔了舔地瓜奶，饥饿的感觉阵阵袭来。我下到草桥沟里去喝了几口水，听到肚子里叽里咕噜地叫。我想起娘说的，我的肠胃跟着我真是不容易。

我不想歌唱饥饿，但饥饿总是如影随形。其实，那时挨饿的也不光我自己，我的小伙伴们也好不到哪里去。我和他们一年四季都在前桥村西的野地里胡溜秋，眼里闪着贪婪的光，找食儿吃。拾草剜菜，偷瓜摸蛋，没有这些的童年是不完整的。

一群羊从草桥沟坡上漫了过来，小懒倌甩得鞭子啪啪响。经过我身边时他说："干啥事都有窍门，翻地瓜也要会翻。先横着翻，翻上几趟，你就知道哪个社员干活捣蛋偷懒，他那趟子里漏的地瓜多，顺着那趟子挖就行。"

说完又随着羊群漫过去了。我照着他说的翻，几锨就掘出了囫囵个的地瓜。顺着地瓜的跑根，还挖到了一个二斤多的大家伙。我抬头看了看，羊群已经远了，和天上的白云连成了一片。一声长调从白云边传来——

  尖地瓜把儿呀，长不大呀

  藏在土里，拉情话呀

  这时我也饿得撑不住了，地瓜本来就是喧物，干起体力活来，早上那碗地瓜稀粥根本不顶时候。我挑了块大地瓜，跑下沟崖，在水里洗了洗，嘎嘣嘎嘣吃起来，又捧起沟水咕咚咕咚灌到肚子里。已是秋后了，草桥沟里的水半咸不甜的。

  下午，铁锨吻上地瓜的声音仍然诱惑着我，篮子里的地瓜越来越多了。

偷地瓜

  即使从我们猪的眼光看，前桥村也太小，没有自己的学校，小新上学都要到东村的汪二河小学。整个夏天，这帮野小子们放学后，并不直接回家，而是继续往西走。

村西头三里之外的草桥沟吸引着他们，在沟里洗澡，咋也比日头底下凉快，尽管为此没少挨大人的惩罚。

其实他们洗澡不光为了凉快，还能摸鱼。洗了一阵子，其他人都饿得回家吃饭去了，小新和雪来正摸鱼上瘾，摸到的鲫鱼、黑鱼被串到一根长长的苇子上。一直摸到草桥沟和南沟交叉的地方他们才上岸，沿着南沟崖光着脚往家走。其实整个夏天他们是不穿鞋的。走着走着，眼前出现了他们村的地瓜地，雪来拔不动腿了。盛夏时节，河沟崖边，成片的沙土岗被一长溜地瓜蔓掩盖着。有的地瓜已经把垄背撑得裂开了纹，藏在土里的地瓜一句话都不说。我却知道它在说啥。它是在说，贼小子，来了？夏日的田野上看不到一个人。他们肚子正饿得咕咕叫。小新说地瓜该能吃了吧？雪来说扒开看看不就知道了。两串鱼被往沙土上一扔，垄背裂纹的地方先遭了殃。谁想扒出来的地瓜净是细条条，还没成形，小新嚼了嚼吐了。他们挑着大棵的扒，一块能吃的也没扒着，扒到地头，手里提着那串已被沙土勾芡得看不出样子的鱼，怅然若失。到家悄悄吃了点饭又去上学了。

第二天中午放学，刚走到雪来家屋后头，雪来他娘就把他们截住了："队里的地瓜让俩小孩偷了，是你俩干的吧？"小新吓得撒腿往家跑。雪来被打的惨叫声从背后传来，还听到雪来他娘说："做贼不妙，拉拉一道。今天我得给你刮刮鳞。"我知道，俩贼小子留在沙土里的小脚印出卖了他们。小新呼哧呼哧跑到家，娘早已手拿擀面杖在门口欢迎他了。小新转身想跑，被娘一把薅住，接着，小新便发出了杀猪般的嚎叫。不一会儿，小新的小屁股蛋子便肿得像发面馒头了。

小新这次偷地瓜非常不成功，地瓜一口没吃着，还挨了一顿胖揍。关键是驻村的工作组把这事儿定性为"阶级斗争新动向"，身为大队干部的小新娘做了不知道多少次检讨。唉，不听老猪言，吃亏在眼前啊！

种地瓜

种地瓜先从育秧开始。爹育地瓜秧时总是挑三拣四，品相差的，就被扔到猪圈里犒赏了老海；品相好的，则被小心翼翼地摆在育秧池子里。地瓜斜着身子躺下，躺在柔软的沙土中，身上被均匀地浇上几瓢水，静静地等着发芽。几天后，嫩绿的秧苗挤挤挨挨，绿了一池子。

黄河口的乡亲们栽种地瓜时先要"起垄"，也就是"调脊子"。在调好的脊子上，隔大半尺挖个坑，把秧子栽在坑里，叫"栽埯"。地瓜秧刚栽上时蔫拉吧唧的。

别急，在每个埯里浇上一瓢水，过两天再来看，每个地瓜埯里已举起一面绿色的旗，姿容妩媚，迎风招摇。

炎热的天光下，地瓜开始爬蔓了。对阳光的追逐，使她把叶子托向亮丽的天空；对地母的牵挂，又使她把蔓子贴向仁厚的大地。极少见到地瓜开花，即使开也是小得可怜，藏在叶腋里，闪着乳白的、淡紫的光，嗅觉灵敏的小虫虫往往在这个季节来赴一场浪漫的情事。

地瓜的心事雨知道。每一场雨之后，地瓜蔓就向前匍匐前进一大截子。人们刚蹚进地瓜地，双脚一下子就被地瓜蔓抱住。它也有乱爬的时候，那个叫"皮猴子"的队长就会安排妇女们抽点时间，拢一拢地瓜散漫的心事，扯断杂乱的根须，不让地瓜心有旁骛。这是地瓜"翻蔓子"的时节，刚成形的地瓜妞儿在土里听着前桥村妇女们欢快的笑声，很想出来看看，盼着重见天日时刻的到来。

真到挝地瓜的日子，已是深秋。锨掘镐刨，地瓜和人都忙作一团。地瓜们"子母勾连，如拳如臂"，争先恐后地从地下探出头来："报告，南沟崖亩产三千五。""报告，二河子亩产四千斤。"谁能想到，想当初那个可怜兮兮的黄毛丫头，如今生了这一地圆滚滚的娃娃。在地头，分好的地瓜被码成一堆堆的，家家户户老婆孩子都来了。

分地瓜的那一天，各家忙各家的，这时，最能看出谁和谁是一家人。

读地瓜

作为一头猪，我虽说不上饱读诗书，但对地瓜的前世今生还是略知一二的。中国太大，同一种东西，东西南北中，叫法各不同。就拿地瓜来说，北京、天津叫白薯，山西、河南叫红薯，四川、贵州叫红苕，辽宁、山东叫地瓜，江苏叫山芋，台湾叫玉枕薯。此外还有叫红芋、甜薯、甘薯、朱薯、茴芋、甘储的。闽浙一带，地瓜又叫"番薯"，"番"字当头，说明它的老家不在中国。地瓜的老家在拉丁美洲。地瓜性贱，不择土壤，世界各地的土壤都能生长。哥伦布发现新大陆后，曾将带回的地瓜献给西班牙女王，到后来传到非洲、亚洲。清朝陈世元《金薯传习录》中说："番薯种出海外吕宋。明万历年间闽人陈振龙贸易其地，得藤苗及栽种之法入中国。"正碰上福建大饥荒，陈振龙的儿子陈经纶上书福建巡抚金学增，金命试种，结果"大有收获，可充谷食之半"。从此地瓜蔓爬出福建，爬过长江，北上西进，处处扎根。乾隆年间，胶东地区连遭水旱蝗灾，陈世元在地方官员的支持下大力推广种植地瓜,"遍处皆种,物多价贱,三餐当饭而食,小民赖之","乡民活于薯者十之七八"。其后几百年间,中国许多地方仍主要以地瓜糊口,甚至有了"引种一根番薯藤,救活一半中国人"的说法。当然还有地瓜由虎门人陈益从越南引进之说。但不管怎样,地瓜这东西不仅"小民赖之",小猪亦赖之,而且每想到地瓜,我心中都会漾起一丝丝暖意。

还是进行一下猪氏科普吧。地瓜,管状花目,一年生草本植物,是救荒济民的功臣,祛病防癌的上品。现在中国的地瓜种植面积和总产量均占世界首位。《本草纲目拾遗》载,地瓜"补中、和血、暖胃、肥五脏"。邻居八奶奶经过我的窝时,我听到她说,地瓜膘,地瓜膘,吃了地瓜就长膘。

吃地瓜

在苦难时光里,我无法阻止河子西的地瓜源源不断散发出的香味。十岁前的许多日子,我的胃都要靠地瓜来安慰,尤其冬春两季,地瓜霸占着我的饭碗。一大早地瓜就在村南的沟边上集合,被主妇们洗得干干净净,然后不紧不慢地走进锅里,在锅底各就各位,等待一个浴火成熟的过程。

地瓜可以生吃，也可以熟吃。仅熟吃就有 N 种吃法。或蒸，或煮，或烧，或烤，或片成地瓜干磨成面蒸地瓜饼子，或切成块馇地瓜黏粥。我最喜欢的吃法还是把地瓜埋在灶膛的火叶子里烧着吃，但这种吃法，要有足够的耐心，我就沉不住气，往往是不等地瓜烧透，便拨拉出来吃，啃起来有一种半生不熟的香味。烀地瓜吃起来也很香。把地瓜放到锅里，少放点水熬煮。烀地瓜最好吃的是"化锅的"，就是紧贴着锅底的那面，烙出黄澄澄的嘎渣儿。锅盖掀开了，团团热气卷着地瓜的香气，袅袅升到房梁上。地瓜在锅里，闪着羞红的光芒，等着我来吃它。当娘倒腾着两手，把化锅的地瓜用铲子铲出来，刚刚放到箅子上，我和妹妹的争夺战就开始了。

再好的东西，吃多了也会够。有一段日子，爱吃也是地瓜，不爱吃也是地瓜，吃得胃里老泛酸水。当我们腻烦抱怨时，娘说能吃上地瓜就不孬了。常吃地瓜的人，心肠也变得柔软。我们家穷，还有比我们家更穷的。每当有讨饭的来到我家门口，娘总是捡大个的地瓜让我拿给要饭的人。

有一年，家里真的连地瓜也没了，娘打发哥哥推着小推车，到几百里之外的潍坊用豆子去换地瓜干，一斤豆子能换三斤半地瓜干，这样就能多吃些日子。一次去的临朐，一次去的昌邑。没啥吃的日子，姐姐还炒过地瓜叶的叶柄吃。

地瓜地瓜，甜蜜的地瓜，苦命的地瓜。

品地瓜

我：想念地瓜，想念挝地瓜的岁月，怀恋被地瓜喂大的童年。地瓜秧在我的生命中摇曳，地瓜蔓一直和我拉拉扯扯。

猪：想念地瓜，想念拱地瓜的年月。我的长鼻子插在草桥沟边的沙土地里，一点点拱向一块地瓜，我的无与伦比的大耳朵即将听到猪生命中的那一声脆响。

我：直到现在，我还喜欢吃地瓜，但不知为什么再也吃不到童年地瓜的那个味。现在的薯干薯条，油炸色染，一点也不好吃。小懒倌说，现在的地瓜品不住，没人费那个事，当然不好吃。想起三十年前，一窝窝的地瓜被我爹运进地窖里，穿着酡红的睡衣，躺在窖床上睡大觉。这个过程利津话叫"品地瓜"。实际上是地瓜"出汗"，淀粉变成糖分的过程。品住的地瓜，又脆又甜。真想回到童年，再吃一顿品住的地瓜，或者与一只草桥沟的地瓜相拥而眠。

猪：作为一头成了精的猪，我常常回忆那片充满诱惑的土地。晚霞照着一片狼藉的地瓜地，小懒倌悠悠的长调在河面上传过来：太阳掉到窝了，黏粥馇在锅了……我已经吃得肚子像怀了仔，在前边一路狂奔领着小新回家，他挎着一篮子地瓜，吃力地跟在后面。自命不凡的人类把自己的窝叫啥香榭丽舍、向阳门第、拉菲公馆，把我们住的地方叫窝，叫圈。窝也好圈也罢，关键不在叫啥，而是看是否幸福安乐。想到我的安乐窝，我的四只小脚不停地倒腾，我要回窝。我哼哼着小曲，两排繁硕的奶子在夕阳的余晖中骄傲地甩来甩去。

我和猪：地瓜的诱惑埋在沟堰深处，浓浓的乡愁埋在我们生命深处。我们在追逐着同一个梦想，梦想我们都诗意地栖居在草桥沟畔一间地瓜屋里，红皮黄瓤，馨香盈室。地瓜屋外，长河悠远，霞光满天。

绿豆

蛙鸣一直喂着我的耳朵

绿豆

一年生草本植物,叶子为三片小叶组成的复叶,花小,黄色,结荚果,种子绿色。种子供食用,也可酿酒。种子、花、叶和种皮均可入药。

河子西的月光排着队从绿豆叶上溜下来。一地的虫鸣此起彼伏，不时有蚂蚱走婚，从我家的这棵草蹦到花枝家的那棵草上。前桥村有个约定俗成的事儿，长在谁家地里的庄稼是谁家的，长在谁家地里的草也是谁家的。我家的地和花枝家的地紧挨着，中间只隔着一条一拃宽的地堾。姐姐种的绿豆蔓有的爬到花枝家去了，花枝家的绿豆蔓有些也羞羞答答地混到我家地里来了。混就混了吧，我喜欢，都混了才好呢。

地堾上胡乱地长着些野草。我胡乱地坐在地堾上。一个打开的日记本安静地趴在我的膝盖上。刚才借着黄昏的微光写了几行字，我在盘算着姐姐回娘家的日子。姐姐的事和花枝的事，是河子西的小忧伤。唉，该去看张承志的《黑骏马》了。我向窝棚走去，一阵阵蛙鸣跟随着我。

绿豆结了一身的角子，有的枝子已经不堪重负。绿豆熟时有个特点，它不像黄豆那样一起熟，而是你熟你的我熟我的，即便是同一棵绿豆上的角子，熟起来也先后不齐。熟了的角子发黑了，没熟的角子还绿着，要在往年，绿豆角一熟姐姐就来了，把它们摘进筢子里。回家晒晒，打出的绿豆就换成了我的铅笔、本子。可今年不行了，早熟的晚熟的绿豆，都在伸着长长的脖子，等着姐姐来采摘，好像在说："快来采吧，你再不采，我就要老了！"

这些绿豆是三个月前姐姐提议种的。一个星期六傍晚，姐姐说，趁着星期天，明天咱去河子西三角地里种绿豆吧，那块地去年种的芝麻，今年再种点绿豆，重茬了不好。

我和姐姐种绿豆已不是第一次。小学五年级时，春风刚染绿地头，姐姐就叫着我去点绿豆。绿豆种完后，我盼着它快快发芽。我趴在地上，侧耳倾听，想听到绿豆发芽的声音。姐姐说，绿豆发芽，要四五天呢。几天后我放了学，又跑到河子西，站在地头上，看到一地绿豆探出令人心疼的小脑袋，子叶正慢慢伸开，在阳光里上色。发芽，原来就是一夜之间的事儿，它们一下子冒出来，头紧贴着地面，一垄一垄地正在打开。

后来，我忙于考初中，绿豆是怎么长的，我都没顾上关心。秋天了，娘说，明天和你姐姐割绿豆去，都上初一了，该顶大半个人用了。割了半天，我说腰疼死了。姐姐笑着说，腰疼你就歇歇吧。我一下子想起春天点绿豆时，我说腰疼死了，姐姐说，小小孩家哪里有腰。我指着我的腰问，我没腰，那这里是啥呢？姐姐说啥也不是。

绿豆作为一种双子叶的庄稼，长足了个儿也才大半米。茎上长着褐色的长毛，羽状复叶上挂着三片小叶。姐姐问，你知道她的小花开在哪儿吗？腋窝里。你知道她的豆荚长在哪儿吗？就是开花的那个地方。你知道一个绿豆荚结多少颗豆吗？十好几颗呢！

《本草纲目》提到绿豆时，字里行间都充满了偏爱之情：绿豆处处种之。三四月下种，苗高尺许，叶小而有毛，至秋开小花，荚如赤豆荚……北人用之甚广，可作豆粥、豆饭、豆酒。……磨而为面，澄滤取粉……以水浸湿生白芽，又为菜中佳品。牛马之食亦多赖之。李时珍最后还感慨——"真济世之良谷也。"

那年我们家的良豆收得可真多。姐姐说，种啥收啥，收啥吃啥。绿豆一直是姐姐的最爱，一个伏季，绿豆汤姐姐熬了一锅又一锅，做的绿豆饭也五花八样，有绿豆粥、绿豆糕、绿豆饼、绿豆干饭等。姐姐还跟村里一位寿光老妈妈学做"箍菇"，把绿豆面、粉条、青菜叶炒一块儿，可饭可菜，香得我收不住嘴，吃吃就吃多了。

其实，在草桥沟两岸，因为产量的原因，绿豆种得并不是太多。有时套种在玉米的身旁。玉米长得又高又大，像是一位姐姐护佑着小弟。当玉米结出嫩嫩的棒槌子的时候，绿豆棵身上也结满了密匝匝的豆角。有一种"胡绿豆"，是小捣蛋，数量不多，但绿褐色的小身子藏在绿豆粒中，特别坚硬，咋煮也煮不烂。喝绿豆黏粥时，它开始使坏，冷不丁硌一下你毫不设防的牙。

我们姊妹多，娘顾不过来，小时都是姐姐带着我。姐姐和小娥、花枝她们做游戏，我就坐在场院边上的绿豆蔓上看。她们两人一组，背靠背蹲下，右臂挽着右臂，左臂挽着左臂，互相勾连，蹲好了后，一个问一个答：

天上有啥

天上有星

星里有啥

星里有井

井里有啥

井里有蛤蟆

蛤蟆咋不叫啊

咕——呱

咕——呱

到了说"蛤蟆咋不叫"时,俩人一齐用力,像只蛤蟆一样跳开去,喊"咕"时跳起来,喊"呱"时正好落下。做完一遍游戏,换过来喊着再玩一遍,游戏要一直玩到月亮上来,我喊困了,姐姐才带我回家。

我们姊妹五个,姐姐比哥哥小四岁,比我大三岁,学习用功,连年被评为三好学生。可为了供哥哥和弟弟上学,她小学没毕业就被娘掐下来了。在那时的村里,女孩上学无用论根深蒂固。其实也没办法,日子太苦了。姐姐退学后,家里的日子马上感觉有了起色。在家里,她帮娘做家务,忙吃忙穿;在地里,她要放下锄头拿镰刀,收了麦子种棒子。最关键的是,姐姐最疼我,有好吃的让着我,有好穿的想着我,我要是在外面受了欺负,她会比谁都急。有个姐姐真好啊!

姐姐是家里受累最多的人。我虽然干活不少,但终究大部分时间在学校里,哥哥结婚不久就分家单过了。爹常年拖着个病身子,娘要照料他,妹妹身子骨小,农活都压在了姐姐身上。姐姐整天劳作,常常是披一身朝霞上地,迎一路月光回家。

绿豆种上了,河子西的大地上,美人如诗,草木如织。大地上到处是我难以做主的青春。

姐姐坐在河岸上，风习习，水汤汤，一首歌她反复地唱："在那遥远的地方，有位好姑娘……"风吹过，不断有新枝窜出来，叶子越来越密，越来越绿。细雨，微风，初开的豆花。绿豆爬到哪里小碎花就开到哪里，长长的豆角便结到哪里，哪里的天空也就会被绿豆角支起一片来。姐姐来看她时，绿豆用力抱着她的脚，想要说些什么，却欲言又止。

但绿豆并没有等到姐姐把她们收回家。我星期天回家，娘说，你姐姐结婚了。结婚？我咋不知道？娘说，怕影响你学习，再说你一个孩子家，念好你的书就行，不该你管的事……娘的话还没说完，我脚一抬，一只脚床子就飞到了院子里，然后进到里屋哐当一下关上门。这是我第一次对娘发脾气，姐姐结婚这么大的事，她们竟然瞒着我。我们这里还有个风俗，闺女结婚，是要哥或弟去送的呀。娘在外屋里说，你姐姐结了婚，把床给你倒出来了，以后不用在大炕上和我们挤了。我才注意到原先姐姐用的床上，已换上了我的被褥，床上面的墙上，红色的菱形纸上用毛笔写着：立新，做生活的强者。我的眼泪不住地流下来。

就在不久前，姐姐和我锄绿豆时还说过不想早结婚，结了婚，家里的农活咋办？爹的病咋办？可婆家催了好几次了,爹也想在活着的时候看着女儿出嫁。娘说:你想让你爹多活几天就趁早结婚!

姐姐出嫁了,嫁到沾化县去了。为了地里那些庄稼,我请假的次数越来越多,有时还要拽上同学帮忙干活。

我扎了个看坡的窝棚,窝棚扎在靠近草桥沟的三角地边上,一是我怕一河子崖上长虫太多,二是为了亲近这些绿豆,再说草桥沟里蛙鸣鱼跳的声音吸引着我。

秋天,草桥沟里的水不是很急,白天我蹚水玩时,水刚好没过我的小腿。水蓬花里的那些浮梢子鱼来拱我的脚丫,拱得我痒痒的。现在,层层叠叠的蛙鸣爬上来,喂着我的耳朵,一直持续到月上中天。

我抱着一本《人民文学》看了一会儿,又想起姐姐的叮嘱,是的,绿豆真该割了。刚才就在我眼皮底下,一撮豆荚再也撑不住,啪的一声脆响,绿玉飞散,长长的豆荚拧成了一条漂亮的麻花。再不割绿豆可真要爆一地了。我这样想着,枕着一沟的蛙声沉沉睡去。

睡梦中,我仿佛听到了草桥沟里水流的哗哗声,这声音越来越大,就像是要把窝棚淹没了一样。我一骨碌爬起来,钻出窝棚,看见姐姐正在霍霍地割着绿豆,窝棚附近的绿豆,已被她割倒了一片。姐姐说,刚才看你睡得香,没叫你。我问,你啥时候回来的?姐姐说,昨晚上回来的。早晨起来给你烙了韭菜盒子,在地排车上,趁热吃吧。我一看,姐姐连毛驴车也赶来了。姐姐说,我结婚娘也没让叫你,路过利津二中门口时,我还抹了好一阵子眼。姐姐说,不说这些伤心的了。你看花枝家的绿豆,熟绿豆撮得多干净,晚两天割不要紧。可咱家没劳力,今天说啥也得把绿豆割完,这绿豆再不割就都爆了。我大口吃着热乎乎的韭菜盒子,低头舀罐子里的绿豆黏粥,泪珠滚到了黏粥里。

没想到割绿豆会割一天,连午饭都是在地里吃的。割到黄昏时,月亮已早早地升起来了。姐姐说,你饿了吧?紧紧手,把绿豆割完吧,省得明天咱俩都走了,娘在家发愁。

我确实很饿了,但姐姐的话必须听。再说,我饿,她不也饿吗?

割完时,月亮已经升到头顶。姐姐说,再紧紧手,把绿豆拉回家里去吧,拉到场里,就都放心了,明天,你去上你的学,我也好回沾化。

驴可能也没想到今天的活会干到这么晚,我们装车时,它有点耍驴脾气,不听使唤。我朝着驴腚给了几棍子。装完车,回到村里时已是半夜。我把车赶到场院里卸车,家里的狗迎到场里,轻声汪汪着叫我的名字,围着我闻来闻去。我又累又饿,一脚把它踢到了一边。

老屋里，煤油灯睁着一只眼，望着姐姐给我盛饭。我端着碗绿豆黏粥，先暖和起手来。

不知道睡了多长时间，迷迷糊糊地听娘说，快起来，吃了饭上学去吧。我一骨碌爬起来问，俺姐姐呢？娘说早走了。我就想出去撵。娘说，这阵子早过了汀河，快到虎滩了吧。为赶着给你做鞋，她一夜没睡。我看到我的自行车后座上，一双新鞋静静趴在那里。

我骑上车子，迎着西天的云彩，使劲蹬向利津二中的方向。我要去上学。来到河子西时，我的耳朵里又隐约传来信天游的歌声——

六月里黄河冰不化

逼着我成亲是我大

五谷里数不过棒子圆

人里头数不过女儿可怜

女儿呦

……

风有点大，眼角不时有泪水流出来。我不是真的哭泣，而是让沙子眯了眼。来到草桥沟边上时，我突然感觉有点耳鸣，耳朵里被咕呱咕呱的蛙鸣塞满了。

黄豆

我数数你长了多少只耳朵

黄豆

籽实表皮黄色的大豆。一年生草本植物,原产中国。大豆是中国重要粮食作物之一,已有五千年栽培历史,古称菽,是一种其种子含有丰富植物蛋白的作物。最常用来做各种豆制品、榨取豆油、酿造酱油和提取蛋白质。

刮大风，搂豆叶

一搂搂了个花大姐

穿花袄，穿花裤

打扮起来做媳妇

——黄河口童谣

豆叶底下藏豆娘

好吃莫过饺子，好看莫过嫂子。当嫂子穿着一身红衣裳被哥哥娶进家门时，那个好看没法说，我们家整个屋子都亮堂起来。我娘不止一次说，亏了那些豆子，要是不卖了那些豆子，你哥就娶不上媳妇了，那年的豆子可真好啊！最后，娘总要加上这句，话中满是对那些豆子的感激。

尽管那时我还是个小屁孩，离娶媳妇的年龄还早着呢，但还是感觉到了媳妇这个词的美好，想着将来也要多打豆子，娶个嫂子这么俊的媳妇。

嫂子的名字叫豆叶，一双大眼忽闪忽闪的，干起活来也特别利索。生产队割豆子时，前桥村几十号劳力一起出动，那壮观的场面就像一个个战斗机群呼啸而过，收割庄稼一般三人一铺，前面领铺子的就像长机，两边跟铺的就是僚机，身后的豆茬就是飞机屁股里拖出的长烟。而嫂子总是处在这个战斗机群中最尖端的位置，是全队里最前面带铺子的那个人。一群妇女拾棉花时，叽叽喳喳，说说笑笑，拾到地头，包袱里的棉花都要过秤，记工员最后报数，嫂子一天总也要比别人多拾三五十斤。

豆叶成为我嫂子时，刚刚分田单干，嫂子的能干就更不用说了，她几乎整天长在地里。我们村的地都在草桥沟边上，因为哥哥在县城上班，我跟着嫂子去草桥沟干活的时候越来越多。嫂子上地时，邻家的几个皮孩子总好唱那个童谣——

豆叶稀，豆叶黄
豆叶底下藏豆娘

那个时候我一直以为黄河口是种植大豆最多的地方，可有个在黑龙江的亲戚说，东北的大豆无边无沿，就像那首歌唱的："我的家在东北松花江上，那里有森林煤矿，还有那满山遍野的大豆高粱……"大豆原产于中国乌苏里江畔，但我不知道它是如何找到了黄河口这么个好地方。《史记》开篇《五帝本纪》里记载我祖轩辕："治五气，艺五种，抚万民，度四方。"裴骃《史记集解》引《周礼》曰："谷宜五种。"郑玄注："五种，黍、稷、菽、麦、稻也。"菽就是古代大豆的名字。我国最早的诗集《诗经》中就有了"中原有菽，庶民采之"的句子。清人吴其濬《植物名实图考》中说其"叶曰藿，茎曰萁……古语称菽，汉以后方呼豆"。这样说来曹植写"煮豆燃豆萁"和陶渊明写"种豆南山下"时，距离豆子叫豆子的时间都不算太远。

听着地猴子叫耩豆子

豆子这东西真好，沙土地里能种，红土地里也能种。"清明前后，栽瓜种豆。"豆子的重生，始于一个午后，随着晶亮的耧尖划过幽深的地穴，豆种顺着耧眼抵达思念已久的土里，开始了脱胎换骨的嬗变。

耩豆子是个技术活，扶耧我会，但耩上几趟后两只手就累得不听使唤了，只得换成嫂子，我牵牲口。牵牲口一是要稳，忽快忽慢会带得扶耧的跟头趔趄；二是要直,不然耩出的垄眼就会弯弯勾脚。虽然嫂子说我牵得又稳又直,但我心里还是有点羞愧,一个男子汉,还不如嫂子能干。豆子耩上了,如果墒情不好,种子会"干脱"在土里。嫂子这几天往地里跑得很勤,盼着豆子早点露头。好在老河沟地茬松软酥透,土的柔情滋润着豆子,努力去唤醒沉睡的胚芽。豆子在夜里翻了个身,好像在问,几点了?朦胧的晨曦中,豆子探出娇小的脑袋,小嘴努出浅绿的嫩芽,然后慢慢分瓣,举着令人怜惜的小手,向这个世界投诚。

豆子人见人爱,但豆子好吃棵难栽。从一粒豆种耩到地里到收割回家,不知让嫂子操多少心。当我把耧扛到地头准备耩豆子时,田鼠的两只前爪就已经早早地把着窝沿儿,单眼瞅着,等到天擦了黑,田鼠就从窝里哧溜钻出来,扒开耧眼儿,找土里的豆粒吃。还没等一地豆苗出齐,地猴子就出溜一下从地底钻出来了,为嫩嫩的豆子间苗是它的一个梦。但它间苗不按套路来,糟蹋得豆垄乱七八糟。还有兔子,嫩嫩的豆苗是它的好菜,从豆子一露头它就来啃了塞牙缝。还有一辈子躲在地下不敢见人的蛴螬,专朝豆子的根部下嘴。还有紫螨也要吃点,还有那些为豆子而生的豆虫,还有旱、涝、雹子……一粒豆种长成豆棵,实在不容易,没有人告诉我豆子提心吊胆的春天。

但不管咋说，豆子总是要种的。它吃它的，你种你的，嫂子说，听到地猴子叫，咱还不敢耩豆子了吗？

豆地深处的欢鸣

夏天到了，大豆的根须越扎越深，它的根部开始长出一种叫根瘤菌的小球，空气中流浪的氮被它收留下来，变成了自己的养料，在施肥上它不用嫂子操心。队长"皮猴子"说，一亩大豆的根瘤菌能固定十五斤氮素，真是一个天然的"小化肥厂"。这些氮，大豆自己用一半，另一半就留给下茬庄稼用。这是大豆独有的幸福。

更幸福的事儿是雨带来的。沙沙沙，大豆支棱着耳朵听雨说话，就像没有女人不喜欢听好话一样，没有大豆不喜欢听雨曼妙的情话；沙沙沙，大豆在雨中打开一地青春的思绪，她在提醒我注意她身体豆性的变化——她要抛花了。

风说，开花，开花呀，大豆果然捧出细碎的小白花。蜜蜂们，蝴蝶们，往往豆花一抛就赶来了。大豆好像说了句，我是自花授粉呵，它们也充耳不闻，恋花是它们的天性，好像只有它们可以随心所欲不被诟病，一会儿拈拈这朵豆花，一会儿惹惹那棵野草。

当豆子把地面完全苫住，我也把窝棚扎在草桥沟崖上。到了晚上，地里弥漫着清清的豆香，刺猬来凑热闹了，田鼠也不会闲着。远处，提油机彻夜忙碌，嗡嗡的鸣声隐隐约约，草桥沟边上，芸芸众生无数的好事儿正在豆子地里上演，数不清的欢鸣一直黑向豆地的深处。

豆虫的欢乐时光

要是草长在别处，想咋长就咋长，可要是长在豆子地里，嫂子就要和它理论一番了。跟着嫂子锄地时，也正是我的小身子开长的时候。早上天不亮，嫂子就拾掇好饭，扛着锄往村西豆子地里走。当我扛着锄撵到地头，嫂子已经开锄了。露水很重，没走几步，鞋子就被打湿了，紧跟着裤角也被打湿了。锄了两个小时我就累草鸡了，老盼着快吃早饭，也好顺便歇歇。我直起身子，捶了捶腰，嫂子已锄了回来，接上了我的耧趟子。嫂子说，吃饭吧，吃了再干。从地头上拿出笼布里包着的油卷子，还有两根咸萝卜，我又累又饿，饿狼样吃起来。刚吃饱，嫂子的锄又开始发出喳啦喳啦的声音。我赶紧跟上，热草、芦草、灰灰菜、蚂蚱菜、谷莠子草，纷纷溃倒在我的锄下。地垄悠长悠长,长得你没了脾气。毒辣辣的太阳晒爆了我脊背上的皮,但我必须坚持,不锄掉这些野草,豆子就会被草吃掉。水已喝了无数次,仍觉得渴。嫂子已落下我很远,但我每锄一大阵子,就发现垄背上的草被锄了几锄。豆叶托着正午的阳光,锄下去的草已开始打蔫。当锄完了高老三地块,我的腰像断了一样,疼得直不起来。

中午饭还是在地里吃的。两个卷子,一个咸鸡蛋,再接过嫂子递过来的水壶灌上一肚子凉开水。茂密的豆子地里,又响起了嫂子的锄头和野草较劲的声音。望了望大片等着我下锄的豆地,再抬头看看不见动弹的太阳,我的头有点大。我一下子想起了白居易的诗句:"力尽不知热,但惜夏日长。"当官做老爷的,真正像他这样知道百姓疾苦的又有几人啊?看到嫂子挥动锄头,他也肯定奇怪,都一千多年了,这片土地上咋还是这种耕作方式?

头遍锄过后,豆棵已经没过了我的膝盖。当豆叶长得越来越像豆叶,豆虫就该登场了。豆虫有没有学名我不知道,它是否蝶变我也不知道,但我知道,豆虫就是为豆子而生的。豆虫的颜色像豆叶,身子软绵绵、圆嘟嘟的,豆地就是它的伊甸园。整天不是吃豆叶,就是谈恋爱，你说这样的日子谁不羡慕？它饱食终日，优哉游哉，没事的时候就躲在豆叶背面凉快。妹妹用青蒿戳戳它，它立马缩成一圈，头抱着腚，一动不动装死。过一会儿，以为人走了，又蠕动起胖乎乎的身子急急爬向一棵豆子。妹妹捉到豆虫，会对它训练一番，立正，稍息，往东爬，往西爬，豆虫很听话，随着妹妹的口令，尾巴转来转去。许多豆叶被豆虫吃出了破洞，但只要不是泛滥成灾，人们不会打药灭虫，也没那闲工夫。豆虫不光吃豆叶，也吃豆粒。许多小虫子干脆住进豆荚里，吃了睡，睡了吃，就像一个慵懒的妇人。

黄河口，是大豆的福地。大豆，是豆虫的福地。

我想，要是我这一生，能像豆虫一样栖居在一只豆荚里，偶尔爬出来，找找那只叫小芹的豆虫切磋切磋爱情，或者趴在豆叶上晒晒太阳，该有多么诗意啊！——可是，哪里是我生命中的那片豆地呢？

豆子愿意结几个荚就结几个荚

豆花躲在豆叶下，开得密密麻麻。豆子郑重地开出这么多花，是为了结一身的豆荚。豆子结荚时不声不响，一节节，一层层，越结越多，起初的豆粒小巧嫩绿，慢慢鼓胀变圆，等荚长到一寸长，里面就结了三到四个豆了。

在黄河口的新淤地上，豆子愿意结几个荚就结几个荚。豆子地里，小野瓜也在偷偷生长，蔓子悄悄乱爬，豆子一任它爬上自己的身子，一句话也不说。还有一种叫"铜丝"的藤蔓植物，我猜可能就是书上说的菟丝子，蛮不讲理地缠上大豆，一爬一大片，而且蔓延得很快，给正在结荚的豆子制造点小麻烦。嫂子发现一片割一片，不然它就会得寸进尺，攻占豆子的城池，把豆子缠得奄奄一息，大大影响收成。草尖上，露珠刚刚睡醒，水蓬花和曲曲菜肩搂着肩，眉抵着眉，霞光漫上青青的豆地，细雾蒙着豆棵的茸毛，一如嫂子迷离的眸子。嫂子说，豆子会说话，也会听话。有时它和刺猬拉拉呱，和地猴子斗斗嘴，有时又和身边的豆子谈谈情说说爱，有时也会伸长耳朵，听听风说些啥。

二遍锄之后，大豆已经搭到了我的腰，整个豆子地密不透风。豆粒儿鼓圆了，嫂子偶尔会拔几棵，给我们烧着吃。当豆粒慢慢变硬时，豆棵子开始换上黄绿相间的上衣，在爽爽的风中，把自己丰腴的身子摊开。我没想到这种叫"向阳红"的大豆，今年的长势会这么好。豆棵从头到脚缀满了豆荚，让嫂子的眼都不够使的。一只豆荚就是一只耳朵，嫂子说，来，我数数你长了多少只耳朵。

秋风又起，叶子渐黄，豆叶惊慌失措地展开翅膀，豆棵子上于是就簌簌飞下一只只斑斓的蝴蝶。天凉了，一棵大豆抱了抱另一棵大豆说，走，妹妹，我们回家。这时，嫂子又出现在地头了，她让一粒成色十足的豆粒在手里滚来滚去。

在这个秋天的早晨，我跟随嫂子清点着自己的队伍：我的黄牛，我的黄豆，我的艳黄的晨光。河子西的大豆，因成熟而坚硬，因饱满而赤露，抖落一身的黄叶，和我挤眉弄眼，有的忍不住，啪一声，为大豆生了一地乱滚乱爬的娃娃。如果收割晚了，叶柄也会在豆枝的摇摆和碰撞下脱落，一嘟噜一嘟噜的豆荚像一只只耳朵，挂满了大豆全身。一阵风吹来，哗啦哗啦，大豆摇起岁月的风铃，没有比这更悦耳的音乐了。——嫂子说，要开镰了。

嫂子照例在前面给我和妹妹带铺子。她首先纠正我"拿把儿"的姿势。说拿把儿要横着拿，割在手里的豆子要和长在地上的豆子呈十字花状。我试了几下，果然割起来又快又得劲。割了半晌，嫂子说，你歇歇吧，在学屋里待惯了，乍干受不了。干农活，我还算挺能受累的，但论耐力,还是没法和嫂子比。一地的豆叶铺开去,像一大块杏黄的地毯诱惑着我,我划拉了一抱豆叶铺在脚下,在绵软厚实的豆叶床上躺躺,让秋日的阳光打在我的脸上,不知不觉睡着了,做起了娶媳妇的梦。直到嚓嚓的声音越来越近,嫂子已割了一个来回,我不好意思地爬起来,往手里吐了口唾沫,又挥镰跟上。

在我苦事稼穑的那些年,曾经被高粱和玉米席篾剌破过手,但伤我最多的,还是割豆子时豆荚特别的关爱,每一次割完豆子,手上都会留下密密麻麻的小坑。

割豆子累归累,但会收获一大些惊喜,有时蹚起一只野兔,有时惊飞一只鹌鹑,有时提起一嘟噜小野瓜,滴里当啷,金黄诱人。这是大地对我辛苦劳作的奖赏。

要装车了。嫂子在车上踩车,我和妹妹用杈子往车上挑豆子。车踩得好,就会装得又大又平,踩不好,装得少不说,还容易偏沉翻车。嫂子把车踩得跟小山似的,夕阳西下,大豆开始随车而动。暮色四合,我坐在高高的豆车上,暖暖的大豆渐渐将我淹没,迷迷糊糊中我听到嫂子说,明天你去上学,剩下那几趟你别管了,下星期天你回来正好打场。我浑身的骨头已散了架,拥着大豆特别的香气,沉沉睡去。

豆子的身影正渐行渐远

上了一周的学,我手上的血泡刚刚下去。大豆在场里晾晒了一周,嫂子领着我又翻了两遍,站在场边,会听到豆荚爆裂的声音啪啪地从豆秸上传过来。豆粒刚一蹦出来,豆荚一下子就拧成一朵美丽的花。碌碡的歌声在午后如约响起,吱扭吱扭,吱扭吱扭,它青色的脸,一圈圈吻向大地,覆压向大豆热烈的身子。

豆子被翻来覆去地碾过,挑起上面的一层豆秸,抖擞抖擞,挑到场边上,剩下的就是厚厚的豆粒了。嫂子看了看风向,说豆子堆就打在西北角吧。半小时后,一座金黄的小山堆了起来。农活里面,我没有出徒的就是扬场。这也不怨我,嫂子太能,她啥也会。我曾试着扬过两次,把豆粒扬得满场都是,有些还跑到了场外的草里,不好找了。嫂子便不敢再用我了。嫂子说,你打料,我扬。打料就是用扫帚把因为沉扬不出去的豆棍、小坷垃轻轻扫出去。打场时,扬场的不停,打料的就不止。嫂子用木锨除起小半锨扬出去,试试风,豆粒在场里欢蹦乱跳,嫂子调了调姿势,又扬起小半锨,风正好,实沉的豆粒落在脚下,轻点的尘土和豆屑飘向场外。随着木锨的起落,空中划出一道道彩虹。空中的豆粒子不断落下来，哗啦哗啦打在我的苇笠上。

嫂子没见过金子，这些黄澄澄的豆子就是她的金子，在前桥村的这个场院里，嫂子一场的金子在奔跑，撒欢。

后来，那些圆溜溜的豆粒形成了一条诱人的山脊。场扬完了，开始装袋。我装，嫂子挣着口袋。装好了的袋子背靠着背，接受嫂子的检阅。我数了数正好六十六袋，嫂子说六六大顺啊。这些口袋挺直了身子，我再没让嫂子着手，我怕她晃着腰，男子汉的肩膀这个时候就该派上用场了。我一个人一袋一袋地往不远处的老屋里扛，沉得那些袋子，嫂子就搭把手给我发起来。我扛豆子时，嫂子用手捶着腰，斜靠在地排车上休息，当我回来时，她已拿起笓子开始搂豆荚。这些豆荚，是牛冬天的最爱。

到最后，就只剩下一粒硕大的大豆，挂在天的西边，大地正满含深情，承接着这圆圆的精灵。我一直忘不了那个下午，嫂子红润的脸，一双大眼睛欣喜地望着一场的大豆。风吹动她的头发，我几次想摘掉嫂子头上的一枚豆叶。但这个美差，在我的犹疑之下，让风给抢先完成了……

后来，娶媳妇花的钱越来越多。等我娶媳妇时，种十亩豆子换来的钱连一只媳妇耳朵也娶不来。如今，我已十多年没有摸过锄杠。只是有时还能梦到和嫂子在豆子地里干活，美艳的霞光越过草桥沟的沟坡，镀上大豆的金身，秋野铺开一片柔黄。但我已搂不住黄河口大豆那一缕清香。嫂子常年被腰疼病困扰着，大地上豆子的身影也越来越少。我正在和许多人一样，渐渐淡忘坚守在地下的根瘤菌的幸福。

小杂粮
豆儿们

小杂粮

通常是指水稻、小麦、玉米等主要作物以外的粮豆作物。主要有红豆、黑豆、绿豆、芸豆等。一般生长期短,种植面积少。

> 黄河口，让每一种土生土长的生命，变得韵味悠长。
>
> ——题记

清明高粱谷雨谷。当高粱、谷子相继露出嫩枝儿，叶子卷出浅绿的小耳朵，各种豆们也开始争相拱出地面。

姐姐说，敬老有福，敬土有谷。今年，咱在河子西啥庄稼都种上点。种点小粮食，自己吃点，也卖点。小粮食是相对大粮食来说的，大粮食是大地上的主角，如麦子、玉米、高粱。小粮食是啥？就是小杂粮——白豆、黑豆、红小豆，黍子、芝麻、花生，种在地的边边梢梢，种得不多，打得也不多。它们是庄稼舞台上的配角。但没有配角咋显出主角呢？在姐姐眼里没有闲地，村头地角，这里种点这，那里种点那。这些豆豆在哪种的，爹娘都不知道。到了收获的时候，我们就吃到了这豆那豆，这些豆好像是姐姐变戏法变出来的。

豆角

在各种豆里，最常见的是豆角，它皮实，好养。刚联产承包那几年，人们把地看得比啥都宝贝。地有好孬，不患寡而患不均，队里分地时就好地孬地搭配着分，地分得这里一溜，那里一点，不同的地块种上了不同的庄稼。姐姐没出嫁时，在河子西，在西大井，说不定在哪儿就种上几棵豆角。豆角有爬蔓的，也有不爬蔓的，有"五月鲜"，有"八月忙"，"八月忙"到八月才忙着结豆角。

豆角是胡乱种的，也就胡乱长，胡乱爬，还真胡乱结了些。姐姐在地里干完了活，走进地头上的豆角地里，顺手摘一把，回家一炒，就是一顿好菜。

豆角地头上，一株玉米站在那里，红缨缨，绿缨缨，都是姐姐看不够的好缨缨。玉米举着肥厚的叶掌，河子西干净的阳光打在她的身上。姐姐知道她想飞，但她的脚已扎下了根，脚下那一大把根须羁绊住了她。几棵豆角趁机缠上了她的绿腰，长长的豆角子荡来荡去。玉米俯身看着豆角这蛮横的纠缠，无计可施。

红豆

小风穿过花枝家的玉米地,叶子碰着叶子,沙沙响。没有比在玉米地里更恣儿的了,青葱的思绪,隐秘的浪漫,我和玉米一起自由地拔节。站在玉米地的东头,我张开双臂,承接身边弥漫的雾岚、乍现的虹霓。

地头上只有一棵树,我躺在树下,看阳光穿过斑驳的树叶,筛出千万颗太阳。那场透地雨后,红豆的小身子也长起来了。那些盎然的枝子,挑着绿色的歌谣。

绿豆绿,黄豆黄,豆角风里当啷长。到了红豆,它就真的红了,而且是越老越纯,越老越深,一红到底,不改初心。

红豆,我的乡亲们叫她小豆,或红小豆。红豆种上不久,也就到了万物开长的时节,蝈蝈在草尖上使劲歌唱,蛐蛐在阴凉处悠然低吟。一万颗露珠趁着夜雾爬上了小豆的叶子,太阳出来了,她们争相邀宠。

豆娘一直尾随在我的身后,直到一棵合欢树下。她要找一片豆叶停栖。在这片叶子上,她要以最舒服的姿势睡上一觉。

时光在红豆青葱的枝子上开花,也在初秋的风里结果。一个月后,阳光斜着身子照到篱笆墙上。姐姐端着簸箕在搓小豆。我拿着《绝句一百首》坐在榆树下,手指停在王维的那首《红豆》上。一粒红红的小豆趴在我脚下,若有所思。

小懒倌在篱笆墙外走过,拖着嗓音唱——

六六六,六六六
上仓库里去收豆
打上酒,称上肉
猫啊狗啊往这里凑
……

绿豆

绿豆棵快要长足个儿了,她的腋窝里次第开出一地的碎花,白嫩嫩的让人心怜。

绿豆爬到哪里小碎花就开到哪里,嫩绿的豆角也便结到哪里,那里的天空也就会被长长的豆荚支起一角来。

太阳慢慢落到草桥沟西岸去了,我拿了本刘绍棠的《蒲柳人家》走在田埂上。八爷爷在沟崖上割草,草丛里突然窜出一只兔子,八爷爷说,逮住你!兔子三蹦两蹦,进了绿豆地,倏地不见了。早见狐子晚见兔,吉兆啊!

八爷爷大声说。一地绿豆伸着长长的耳朵,听他讲河子西狐兔撒欢的那些事。

秋渐渐来了,绿豆结得越来越多。八爷爷说啥东西啥样,鸡要长成鸡样,狗要长成狗样,人要长成人样,绿豆要长成绿豆样。要是绿豆长得不像绿豆样了,端起碗来,就不知道咋着吃它了。

豆豆家族都是急脾气,自尊心还很强。当它成熟后,你若不理它,它会使性子,长角身子一拧,啪的一声,豆粒弹射得到处都是,豆荚拧成了一条美丽的麻花。

这个秋天,草桥沟里的水不是很急,白天我蹚水玩时,水刚好没过小腿。藏在水蓬花、蒲子里的鱼还来拱我的脚丫,痒痒的。现在,层层叠叠的蛙鸣爬上来,喂着我的耳朵,要一直持续到月上中天的时候。

扁豆

黄豆、绿豆等通常是磨成面当饭吃,扁豆、芸豆则是不等籽实成熟,就炒了当菜吃。有几个人吃过扁豆面芸豆面呢?

上小学时,没有扁豆的印象。上初中时,开始实行联产承包,地里庄稼的种类也一下子多起来。这种扁扁的豆，果实像一条小鲫鱼，又像一把小弯刀，吃起来有种特别的香味。清炒，肉炒，都能出那种香味。还有一种吃法，辣炒扁豆虾酱，算是一种天作之合，吃起来，特别下干粮。

扁豆花冠白色或紫色，很是漂亮，它的荚果顶端有弯曲的尖喙。啄啥呢？

清人吴其濬《植物名实图考》说："扁豆供蔬供饵，佳矣。观其矮棚浮绿，纤蔓萦红，麛眼临溪，蛰声在户。新苞总角，弯荚学眉，万景澄清，一芳摇漾。"把植物学专著写得如此诗意盎然，真是难得呀。有一种紫扁豆，是我的最爱。我在垦利镇中学教书时，住在一个大通院里。我把门前的碱土挖了出去，换了几车黄河里清淤清出来的好土，种了几棵紫扁豆，想不到这东西太能爬，爬得满处是，繁育能力超强，密匝匝的扁豆就像紫色的火焰，它爬到哪里，紫色的火焰便燃到哪里。

姐姐说，豆们就是讨人喜欢。给点阳光就灿烂，给根竹竿就爬蔓。即使篱笆歪了，扁豆卧倒了一片，扁豆花仍然大喷地开，扁豆们扎着堆匍匐前行。

芸豆

啥东西啥味,姐姐说,每一种豆有每一种豆的香味,芸豆的香味,扁豆就发不出来。

我躲在雾气中,看晨曦慢慢地爬上芸豆架。芸豆架是天生的,其实就是几棵野生的荆条。荒郊野外,没扎架的东西,也没那工夫。

一只小鸟,趴在一个草窝里,草窝的边缘已被雾气打湿。小鸟露着湿漉漉的小脑袋,圆溜溜的眼睛快速地眨巴着。我不敢与它对视久了。我怕它误会,以为我要害它。

植物学书上的芸豆很奇妙:芸豆,一年生缠绕藤本,茎右手性,荚果带形,膨化。右手性是啥意思呢?它为啥不是左手性呢?我搞不明白。

锄了一天地,太阳正沉向草桥沟的西岸。姐姐说,回吧,天不早了。说完擦擦锄印,扛着锄在前面走,锄钩钩着一缕晚霞。一进村口,我看见炊烟扭着美丽的腰身,从我们家的烟囱顶上冒出来。

白豆

　　西大井的井台上是块好地，南边靠着一条沟，北边紧挨着一条道，可以直通到陈庄。往东就是那口大井，井里有一个泉眼，缺水的春季，它能神奇地渗出甜水来，井台上站着一排水桶，桶边站着一排边说话边等水的人。井台上是我们家的地，去年种的蓖麻，今年点的白豆，姐姐说不能种重茬。

　　姐姐的白豆已种上二十多天，棵子已经没过了我的脚踝。叶柄上双双叉开淡绿的子叶，幸福地在阳光里上色，直到白豆的身上长出一层亮亮的油质。

　　周末，我和张光从利津二中散学归来，黄昏的小风吹来，我们家的白豆见到我俩雀跃不止。绿绿的豆棵霞光披身，叶子拍着油亮的手掌，蒙络摇缀，素素可亲。

　　团团热气从我们家的门楣上溢出来，舔着屋檐走散了。锅里，白豆和高粱面的感情正急剧升温，她们咕嘟咕嘟热烈地交谈着。

　　停火之后，并不急于掀锅，往往要利用灶里热热的火叶子，让豆再烂烂。爷爷总要在这时拖个小脚床，坐在灶口，用烧火棍拨拉出一小堆灰烬，拿一把小锡壶蹾在火叶子上，等壶里的酒发出滋啦滋啦的叫声。

那年的庄稼长得有点疯，种啥啥收。秋后，场院里各种颜色的豆们欢聚一堂。因为是小杂粮，只是一小堆一小堆的，打场时不用机械，甚至连碌碡都不用。嫂子、妹妹，加上正好回娘家的姐姐，她们仨用木杈噼里啪啦，一阵拍打，然后白豆、小豆、绿豆，一样样地起场，装袋。木杈起起落落，一场的豆们欢快得像一地的娃娃，蹦蹦跳跳，乱滚乱爬。

二十年了，炊烟老了，步履蹒跚地从村头的烟囱走出来。尽管豆类家族人丁兴旺，但燎着最好吃的还是青豆。其他的白豆、豆角等，不是豆腥气浓得没法吃，就是水嫩得燎不成形。只有青豆，大小适中，唇齿留香，这么多年，在岁月深处散发出幽幽的豆香。

当你从我的身上闻到了一股青豆香，那是我又想家了。

经常在梦中看见我家的土屋里，有一种叫幸福的东西，正冒着热气。恍惚中听到姐姐在唱——

白豆白，黄豆黄
豆子地里去找娘
我娘地里喊儿郎
我娘站在西沙岗

……

可是，我娘在哪里？我找遍了前桥村，找遍了西沙岗，找不到我娘。

水稻

你是水做的身子

水稻

一年生草本植物,叶子狭长,花白色或绿色。籽实叫稻谷,去壳后叫大米。是我国重要的粮食作物。

> 你说，只要有水
>
> 你便年年美丽给我看
>
> 你说，只要有风
>
> 你便能舞醉了我
>
> 为了黑嘴鸥如期的约会
>
> 你站成黄河口最动人的情节
>
> ——郭立泉《黄河口的九种诗意物象》

没有一种庄稼是不美丽的，而站在水中的稻子，更是美人中的美人。

水稻，是水做的。水做的水稻，就有水的骨肉，水的温柔。水里生水里长，水里谈情说爱，水里修身养性，是水，给了稻子独有的慧根。难怪她那么莹润，那么白皙，又那么冷艳。

稻子知道自己出身不俗，所以她也很爱惜自己。在所有庄稼里，稻子是标准的美不够。况且也只有她有条件，拿整面水田做镜子，一天到晚扭来扭去地照自己。

十七岁前,在黄河口所有的庄稼里,我唯一没有种过的就是水稻了。但稻子又是如此重要。民以食为天,奶奶说,做官为宦,穿衣吃饭。吃,是活着的头等大事。现在我知道了,世界上有接近一半的人以稻米为食。米,在我们的生活中几乎无处不在,米饭、米粥、米饼、米线、米糕、米酒等等,与米有关的食物是如此丰富多彩,让我们的生活丰饶有味。李时珍《本草纲目》中对稻米的评价崇高又简约:"粳米,为五谷之长。人相赖以为命也。"我们都是食稻之民,稻米的香气在远古的烟雾中袅袅探出头来,让人感觉亲切无比。在石器时代,水稻的耕作技术已相当成熟。在距今五千多年前的良渚文化遗址中,就发现了厚厚的稻米层。

从小我就奇怪,看着像茅草一样的一片植物,长长就能抽出让人惊喜不已的稻穗。

春天,野花淹没了河子西。在草桥沟两岸,我找不到水稻的身影,草桥沟的水只能够浇灌麦子地。但有一幅画面,一想起来我的脸上就不自觉地泛起笑容:远远地,小芹穿着红上衣,头顶着一头野花,在我少年的高粱地里时隐时现。小芹的歌声从高粱地里飘出来——

一条大河波浪宽

风吹稻花香两岸

我家就在岸上住

听惯了艄公的号子

看惯了船上的白帆

……

还有一幅画面,一想起我就百味杂陈:小芹的纤纤素手端着碗大米饭,在我的面前晃来晃去。那是我平生第一次遇见大米。那年几岁记不清了,反正是狗也嫌的年龄。那天我在小芹家一直玩到吃晚饭,我知道人家一掀锅,我就该回家了,从小娘就教导我们,人穷不能志短,"候吃"是很没出息的表现。但我闻到了一种从来没闻过的香味,而且小芹用筷子挑起来的那种米,它太白。粮食怎么可以这么白呢?小芹的爸爸在外地工作,那时只要是吃工资的,日子就比村里种地的强。当时,小芹碗里白莹莹的这种东西,在考验着我的气节,我盯着小芹的碗就是拔不动脚。小芹看了看她娘,没等她娘发话,就拿勺子给我舀饭。我眼直勾勾地看着,小芹特意从锅底舀了勺糨的,还差一勺碗就满了,这时有人从后面拽住了我,我一回头,我娘不知道啥时候已站到了我身后,笑着说咱回家吃饭。小芹娘说,嫂子,饭做了好多,让孩子喝碗再回去。娘说家里都做好了，不由分说揪着我耳朵就往外走。临出门，我又回望了一眼，小芹两手捧着碗，站在锅台边，呆呆地望着我。

出了门，我的左耳朵被拧得更紧了。小芹家和我家隔着好几家，我以为娘累了会撒手歇歇，可直到进了家门手还没有松开，我感到耳朵快被扯下来了，火辣辣地疼。为了让我长记性，娘手里的擀面杖又在我屁股上量了一遍。

这就是我和大米的第一次亲密接触，不仅没吃到大米，还挨了一顿胖揍。

第二天早晨，小芹娘就端着一瓢子大米来了我家，晶莹的米粒闪着诱人的光泽。在缺吃少穿的年月，两个家庭主妇之间经常互通有无。但印象中那瓢大米我并没有吃到。我深知吃粗粮的和吃大米白面的本就不属于一个阶层，我碗里的饭和小芹碗里的从小就是不一样的。大米的白，也像富贵人家又白又俊的小姐，对于我这样的穷小子，诱惑虽大，却不易得。

小芹吃白米，我吃红高粱。小芹随着她爸爸转到了城里，我还在河子西锄地。娘说，你想吃上细粮，就得好好读书。我读书特别留意大米的前世今生。现在不管哪里，米粥永远是餐桌上的主角，大米南瓜粥，大米枸杞粥，养育得我们心平气和。有一种皮蛋粥，是许多善男信女的最爱，喝一碗往往是不够的，不回回碗，就好像对不住这种美食。

南稻北粟，多少年来一直是我国的种植习惯。"大河以北宜麦粟，民有终身不尝稻者。"（清吴其濬《植物名实图考》）南方吃米，北方食面，地理不同，食性各异。北方的大米食品种类远远不及南方。水稻是粘在南方汉子舌尖上的寻亲暗号，大米是隐在苏湖女子心灵深处的情感密码。白润的大米，养育了江南的阴柔之美，滋润了水乡的吴侬软语。原先我以为北方人吃的大米都是从南方运来的，只有南方才种稻子。而且我和许多北方人一样，吃米饭老是感觉不当饱。

毕业后我分配到了与老家一河之隔，距离仅几十公里的垦利。就在我从教的学校边上，竟看到了大片的稻田。这里生产的黄河口大米，汤清米白，特别好吃。我这才知道，稻米并不只是南方出产，北方也出，黑龙江五常的大米更是皇家贡品，而且北方产的大米更适合北方人的口味。想想我可真够孤陋寡闻的。

但我又庆幸，如果黄河口庄稼部落里少了水稻，那将是一件多么大的憾事啊！在黄河口，在胜利油田林立的采油树间长出的一方方稻田，使得这座城市一下子兼具了杏花春雨的柔美和骏马秋风的壮丽。

工作后，我吃到了越来越多的大米。我知道碗里的饭来得不易，所以不管是喝小米粥还是大米饭，我从不浪费，我媳妇说，你看你跟饿死鬼托生似的，碗里粒米不剩，跟狗舔的一样。

一九八九年，我任教垦利镇中学。除麦假和秋假外，学校还有一个插秧假。年轻的我正有劲没处使，和陈军老师正好利用这个假期大搞家访，到过苍州屋子、羊栏子、渔洼、盐窝几个村，直接下到田里，和学生一家一起干活，并第一次亲近了秧苗，学会了插秧。

"栽禾看秧，娶亲看娘。"秧是一定要育好的。秧苗长到一拃长时，就准备插秧了。插秧前地要先洗碱。稻子的难能可贵之处是它不怕碱，玉米、小麦望而却步的地方，它不怕。只要不是油碱场，能长芦苇、黄须菜的地方，只要有水，泡上几天，洗洗碱，插上秧苗，它照长不误，七八天后，它就会托出一片青翠给你看。

插秧时，为了秧垄插得直，水田里扯上一根根线，有民谣这样唱：

一根线，扯过河

河里三哥会插禾

栽一棵，望一棵

望得禾黄娶老婆

靠着从小干农活锻炼出的老本儿，我很快就掌握了插秧的要领，学生家长很惊奇我干活的像模像样。那位当过民办教师的学生家长说起了布袋和尚的那首《插秧诗》：

手把青秧插满田，低头便见水中天。

心地清净方为道，退步原来是向前。

他说这诗妙就妙在每句都一语双关，充满了"以退为进"的禅意。

站在盐窝村的稻田里，陷在水稻温柔的重围中，我有了一种在旱田里劳作完全体会不到的快乐，嫩向天边的秧苗，乍暖还寒的田水，凉飕飕的田泥，布谷鸟的叫声掠过天空，清越宛扬。远处游来一条泥鳅，小嘴拱着稻子的小腿肚子。

水就这样统治了原先的荒蔓草地，抢占了牛羊的地盘，老黑牛哞哞地抗议着。刚插到地里的秧苗稀稀拉拉，无精打采。一周之后再去看，仿佛一夜之间蹿高了一大截,水田一下子蒙上了一层绿蓬蓬的烟雾。

没有一种庄稼活是轻松的,种稻子虽然不像种高粱那样一遍遍地锄,但也很辛苦,浸种,育秧,放水,耘田,栽秧,施肥,拔草,收割,"禾耘三遍仓仓满,豆锄三遍粒粒圆"。一分耕耘一分收获,这话一点不假。

一九九五年我调垦利县人大机关工作,曾在西麻王驻村,从胜利油田协调来的挖掘机和推土机,干了一个月的时间,给村里整出了几百亩的水稻田。那段时间,整天靠在工地上,都晒成了黑人。来水那天,我在渠坝上一趟趟来回转悠,亲眼看到黄河水沿着水渠欢快地淌来,汩汩流进了稻田。

家搬到新兴小区后,楼下就是新安村的稻田。整个夏秋时节,开窗就直接面对大片的稻田,"薄暮蛙声连晓闹,今年田稻十分秋",闻着稻香、枕着蛙鸣入梦,是人生一大享受。

水稻开始分蘖了,水光钻过稻秧的缝隙,好像一位对着恋人撒娇的女子,逼着男孩说——说,你爱我。豆娘时飞时停,要一直玩到月亮爬上来。有风不时吹过,月光下的水面潋滟出点点碎银。夜深了,豆娘坐在一片稻叶上恬然入梦,拥护着她的,是一田闪烁的银光。

稻花是不知不觉偷偷开的。我开我的,她说,开个花至于大呼小叫吗？花粉轻扬，一缕缕薄烟在植株间飘荡，或白或黄，或青或紫。一株稻穗，能开到三百朵稻花。除去小了点，稻花的美丽无可挑剔。话说回来，娇小不也是一种美吗？美就非要大吗？当你在显微镜下看到放大版的稻花，会发现每一朵花的形状都像是一只高脚杯，花柄长得细细瘦瘦的，或高挑，或倒挂，那些洁白的小苞密密匝匝串在你眼前，冷艳倾国，你心中升起一种别样的爱怜。

发育到一定程度，先是稻花的雄蕊再也忍不住了，上面的花药偷偷破裂，细小的花粉要么随风，要么沾在昆虫的小腿上，落在隔壁雌蕊上头。其实雌蕊也早等不及了。接下来，你将看到一种叫大米的爱情张结在亲爱的稻穗上。水稻的爱情，好看极了。

稻花的香气也是内敛、克制的。七星瓢虫对稻花的美丽和香型情有独钟。它挑一串稻花，在上面一趴就是半天。我不知道它是醉了还是睡了。不管是哪个方向示爱的风吹来，稻子都会微微欠一欠身子。作为一名有家教的女子，她的涵养不允许她乱来。

下雨时，我为稻田庆幸，本就喜水的稻子，扯起衣襟接着雨水，黑云翻墨，白雨跳珠，青的烟，绿的秧，是解忧的良药。抱着水稻迷蒙的雾气，我悄悄控制住了自己的忧伤。

我喜欢在傍晚时来新安村的稻田边转悠,稻香争着往我鼻孔里钻。万虫献唱,我只用双耳录制云雀跌落的叫声。稻风沉沉,每一朵花的下面,都牵着一个米宝宝,在偷偷鼓苞,一点点积蓄光合产物。

我真的没注意一滴露珠是如何爬上剑一般的稻叶的,但我注意到了千万颗银光闪闪的露珠是如何在修美的叶尖上跳舞,借着太阳的光芒炫耀自己!稻子心甘情愿地生活在水深火热之中。

一大群鸟呼呼啦啦飞过来飞过去,我认识它们,是白鹭。王维早就看了它们很久了:"漠漠水田飞白鹭,阴阴夏木啭黄鹂。"还有一只脖子长长的鸟在远处的湖边练单腿独立,胡老四叫它"老等",等啥呢?等慢慢游过来的鱼,等转来转去的风,还是等苦命的爱情?还有一只站在电线杆子上很长时间了,也不去水里逮鱼,也不去田里啄米,一动不动地站在那里,可能是一只傻鸟。

双河有稻初成长。上完课了,绕着县城边上的稻田散步时,我突然就想出了这么个句子。这些青涩的禾苗,多像来自附近村里的女生,花枝招展地走在校园里,高举着青春的穗头,蘸着阳光生长,顺便灌浆。

稻花悄悄开,也悄悄闭。稻花小小的身子落下去,稻穗开始安分守己地结籽灌浆。从一个小不点,到慢慢鼓起水粒;从水嫩水嫩,到慢慢硬仁。暖风轻吹,艳阳高照,每一株稻子都在争光,每一棵穗头都在邀宠。在黄河口大地上,它们用心珍重着一季的生命,尽情享受着华年的欢乐。一有风来,它们就唰唰啦啦,打打闹闹。没风的时候,它们就在暖洋洋的太阳下,闭目养神,眯上一小觉。

每一株庄稼都有灵魂,别看她卑微地生在草野;每一株庄稼都懂爱情,别看她长在土里扳不动脚。

南来的风北来的风,她都在招呼;高飞的鸟低飞的鸟,她都在交流。一只蟋蟀看上了另一株水稻上的蟋蟀,想蹦过去求欢,没掌握好力道,掉到了稻子脚下的水里,它蹬歪着腿奋力地泅渡向那边,听到一圈稻子起劲地喊加油。

水稻注定是和爱情纠缠不清的。如果是傍晚,从她身旁走过,就能清晰地听到那些沙沙的情话。我喜欢这水中的尤物。我喜欢她,不用她知道,我只想在田埂上,独自享受暗恋带给我的隐秘的痛苦和幸福,手里拿着一本普希金的《叶普盖尼·奥涅金》。

田野上,风捎来各种各样庄稼的消息,旱田里有的庄稼已经回家了。云雀着急地在天上叫,叫着叫着,风就爽了；叫着叫着，稻子就熟了，也把诗人叫出场了。他好像在唱，九月稻谷香，九月菊花黄，九月谁做我的新娘？

稻香在秋风中急急赶路。风说，好了，该熟了，都该熟了。稻穗吸饱了太阳的颜色，低垂了头，羞涩而炫目地站在盐窝村边上，像刚过门三天的新媳妇，那种成熟的丰韵，我没法说。

我弯下腰去，郑重地用一只手托起一株稻穗，另一只手小心翼翼地抚摸着她的穗头，像第一次出征，激动莫名。咬开一粒稻米，我满嘴都是稻浆的原香。一地的稻子突然静若处子，低眉顺眼，思索着绚烂之后生命应有的厚实凝重。

庄稼生长千姿百态，但收获起来却大同小异。当稻米走进了粮仓，稻子只剩下了稻草，她们就开始分流。带着太阳体温的稻草，在人们的指挥下分道扬镳，几抱走进了牛槽，几抱走进了屋灶，几抱躺在了情人的身下听莺声燕语，还有几抱被打成了苫子，爬上了蔬菜大棚的顶子，寻望着走失在雪野中的那些兄弟。稻草走进牛槽的那个夜晚，一地月光激动不安。当我拖着受伤的身子回到小屋，狗听出了我的脚步声，灯光摇摇晃晃，我疲惫不堪，迷迷糊糊爬到炕上。一团白白的热气从门楣上冒出去。我做了一个梦，梦见了小芹，也梦见生米做成了熟饭。

大地如诗,夜凉如水。浩瀚的星空,撒满了一天的米粒。

许多年许多年了,我都在寻找生命中那株赤诚的稻穗。小蛮腰,瓜子脸,含情脉脉地站在水里。

其实,真的见到芹,是在一个老乡儿子的婚礼上。约了下午再见个面,等她来到我身边时,已是傍晚。稻花弥漫,魅影重重,暗香浮动,天正黄昏。田埂上,你一路放牧着飞虫。我们走到哪里,哪里的青蛙就会举行它们特有的欢迎仪式,它们相继在草丛中蹦起,练习跳水,先是往高处一跃,在空中划出一道弧线,嗵的一声钻进水里,溅起小小的水花,动作标准而优美。我没看见蝴蝶,可能已经回家了吧。但我看见无数透明的红蜻蜓,展开精致的双翅,在你身旁的霞光里飞。我还看见,晚风拂起了你的长发,霞光勾勒出你的耳轮,那线条美得不要不要的,两朵红晕飞上你的双颊,从你的嘴角吐出的是那些如兰的诗句:"一畦春韭绿,十里稻花香","稻花香里说丰年,听取蛙声一片"。站在稻子身旁,我有点神魂颠倒。我想说点情话,但我憋住了,我没憋住的是——你看,那棵树上拱出的芽,那钩天上早已就位的月。说完这些的时候,我听到从一株稻穗上起飞的小虫子，嗡嗡地笑话我。我眼看着她轻振无牵的薄翅，越飞越远。

有风吹过，一地的稻子翻波涌浪，很不安分。我站在田埂上想到一个词：丰收在望。芹曼立水边，一双销魂的眼睛望着霞光中的稻田。我说，你看，稻子要熟了。她说，嗯。我说，你看，夕阳多像个鸡蛋黄，这么美，真想一口吃了她呀！她说，嗯。我说，你看你看，花乱开，草乱来，攻城略地，抢占地盘，真恣儿啊。她说，嗯，只是，你可别乱来呀。

听到芹这个美好的律令，我无言以对。在这么瑰丽的黄昏，在这千万株稻子的热望下，你不让我乱来，我也就只能用一首诗，在你半推半就之下，吻你了——

　　　　爱人啊，请你快来
　　　　承接我生命中的万缕霞光
　　　　让我祝福的花儿
　　　　在你来路的两旁
　　　　嗅着漫天的稻香
　　　　次第开放……

棉花
暖我一生

棉花

一年生或多年生的草本植物或灌木。果实中的棉纤维是重要的纺织原料，棉籽可以榨油。

小纺车，一摇拉

俺娘在炕上纺棉花

纺成线，织成布

你做褂子我做裤

也有单，也有棉

花花绿绿过新年

——黄河口童谣

棉花棉花，我想娘了

九月了，棉花在大地上闪烁着白色的光芒。

天上的白云罩着地上的白云，地上的棉花望着天上的棉花。大把大把的阳光流泻下来，把我稼穑的岁月染成一片金黄。风从草桥沟对岸吹来，河子西的高粱用一只脚站了好几个月，从谷雨一直站到现在，也不觉得累，长长的叶子在风里哗哗啦啦地吹着唢呐。河子西的阳光，我生命的食粮，我温暖的衣裳。

棉花地中间有一小块盐碱地，这几天地里冒出一座白色的小山，这是我用拾来的棉花堆起来的。现在，我把自己埋在棉花山里，身下是厚厚的棉花，身上也是厚厚的棉花，只露着一张丑脸晒太阳。鸭蓝在空中盘旋，一个劲地叫。我知道，它把我也当成了一只鸭蓝，想勾起我和它一样的叫声。

要在平常我早就叫了，可这次我没叫。我把头拱到棉花里久久没钻出来。棉花棉花，没人答应；娘花娘花，还是没人答应。花叶子收留了我的泪水。棉花，我想问问你，我娘上哪儿去了？棉花，我想娘了。

当大地酥软到一定程度，地里的乱草被娘拾掇干净，小枣树身上就鼓起一个个的小苞。"枣发芽，种棉花。"这是枣树和娘约好的种棉花的暗号。

我上高一时，棉花已经开始薄膜种植。周末，一个春风骀荡的早晨，娘叫我起来种棉花。这是当时写在日记里的诗：

银枝含羞枣发芽

铺下薄膜种棉花

一年三百六十日

都是庄稼地里爬

当时铺薄膜还都是人工，真的是要爬着铺。棉花比较耐碱，分到我家的二巴碱地种麦子不行，种棉花正好，但要到远远的公路壕沟里去挑水，挑到了傍晚，肩膀肿得火辣辣地疼。棉花种起来很慢，要从铺好的薄膜上抠出一个个的小窝，每个窝里扔上三四个棉花种，再浇上一舀子水，抓上两把土覆盖起来。棉花点完了，你就等着吧。三四天之后这种双子叶植物就会开始又一次生命的轮回。

棉苗长到快顶到塑料薄膜时，要及时把它们放出来，不然薄膜的高温很快就会把棉苗灼干。盖膜大大提升了地温，又省了给棉花锄地。棉苗放出来，一头扎在风里，伸伸手脚开长，薄膜下的草却只能闷在里面，头顶着薄膜，干生气，出不来。盖膜的另一大好处是减少了水分蒸发，保墒效果好。整整一个下午，我看到几颗水珠在薄膜下走来走去，欲滴未滴。娘说，今年草桥沟的棉花长得真快。我当时正看着歌德的《少年维特之烦恼》，棉花也有棉花的烦恼。正像有人说到爱情——铺垫是容易的，但如何结局有点难，因为好像没有一种作物像棉花一样遭受那么多的病虫害。棉花常见的病有枯萎病、黄萎病等，棉蚜、棉叶螨等各种虫害更让人不胜其烦。我搞不明白，棉花咋那么讨虫子喜欢，刚长出叶子不几天，蚜虫就腻歪歪地爬满了叶子，而且一茬又一茬。蚜虫是学名，前桥人就叫腻虫，有人叫蜜虫，孤雌繁殖，有蜜一样的分泌物，黏糊糊地覆盖在叶子上，既影响棉花的光合作用，也影响棉花的呼吸作用。

棉花长啊长，刚想结铃呢，棉铃虫就爬出来等在那儿了。你搞不清它是从哪儿冒出来的，而且它能生到四代。这更是棉花的死敌，要是不管它，它能把棉铃咬得一个不剩。要不想让棉花绝产，你只能打药。敌敌畏的气味挺好闻，但棉铃虫已越来越不怕它，各种虫子的抗药性越来越强，药量越来越大，兑了农药的水都变成了乳黄色。娘跟我说，虫子要翻天了，换敌杀死吧，兑得重一些，不然摁不住那些虫子。我感觉棉花肯定是打药最多的作物之一，而且用的药越来越毒，喷雾器也越来越大。我亲密接触过的农药名目不时翻新，敌敌畏、氧化乐果、一六○五、速灭杀丁、久效磷、呋喃丹、敌杀死，一种比一种毒。打药起先用的是筒状喷雾器，是个铁家伙，斜跨肩上，打一上午勒得肩膀红肿。再后来就有了塑料的背负式喷雾器，背在背上，左手一抬一压，边走边充气，右手执杆打药，又轻便，效率又高。再后来，就有开着拖拉机打药的了，一趟过去，能打三四垄，半天打个十几亩不成问题。但不管怎样,虫子一遍遍地生,药就要一遍遍地打。

娘已年过半百,每次打药须先蹲到地下,把带子挎到肩上,再费力背起几十斤重的喷雾器,慢慢爬起来。我经常听说热辣辣的太阳底下,有喷药的女人晕倒在棉地里。这是我无法接受的一种情形。从高二开始,哪怕自己请假我再也不让娘摸喷雾器了。

人间最温暖的一种花儿

棉花已没过了我的小腿,叶子眼睁睁地看着又一茬腻虫爬满了自己的身子,但它没办法,只能打起卷儿,等我来救它。我和这些小昆虫展开了又一次较量。我打着药,娘拾掇着棉花。

娘说,苦日子咋也能熬出头。棉花长成这样,再也不用为没穿的犯愁了。温饱温饱,先温后饱。当娘的,只要孩子冻不着饿不着就知足了。大葵婶子、和平媳妇挎着筼子沿着地埂走来,筼子里盛满了豆角,三个女人聊得更热闹了。我的乡亲们,只要贴上了农民的标签,好像一下子就认了命,一生与庄稼为伴,荷锄执镰,终老一生。平原上的孩子,有几个不是点种着棉埯,打着花杈,拾着棉花长大的?村子里的女人,有几个不是纺着棉线,织着棉布过日子的?女人与棉花,要厮磨一生,从妙龄到白发。

没有一种庄稼像棉花这样让娘操心,从出苗到拔柴,娘像侍弄孩子一样侍弄棉花。棉花长到没膝时,娘就像整天长在地里,修花、拔草、拿虫子。棉花不开旺,娘着急;棉花太旺了,娘也着急。越是那些不结桃的"滑条子",越是长得快,人五人六,争吃争喝。要打杈,打边芯打顶芯,把棉花头撮了去,控制它的疯长。修花要一棵一棵地修,修一阵子花,腰就疼得直不起来。这时,还要捎带着拿粘在棉叶上的棉铃虫卵,顺手把它捏死,这是棉花的心腹之患。

棉花的花朵是变色花,先是粉白,受粉之后变黄,再渐渐成粉色,开成一个小喇叭,呼唤着邻棵上的姐妹们。仲秋时节,浓密的叶子中,突然乍红一片,似云蒸,如霞蔚,美丽给大地看。当它深红之日,也就是萎蔫之时。萎蔫之后,花朵依依不舍地告别枝头,棉花的授粉仪式已经完成。

这只是她第一次开花。最让娘揪心的,是她的第二次开花。这次开花,是棉桃开出的花,其实是棉铃成熟吐絮。花朵开花受精后,子房发育成蒴果,称为铃,就是棉桃。最初结出一个豆粒儿那么大的小棉桃,像是青嫩的乳头,躲在叶子底下。眼看着它一点点鼓胀,最后鼓成了一只绿桃。

处暑节气快到了。娘说:"千年万年,处暑见棉。今年的棉桃坐得可真密实。"起初绿桃一直憋着不开,到了七月十五,织女在鹊桥上完成了与牛郎一年一度的约会,擦掉凄美的泪花,又要回去干纺织活了,这时的棉桃再也忍不住,裂开了小口,露出了白白的棉絮。她不招蜂,也不引蝶,蜂蝶偶尔来一趟,咂摸一下,假的,就飞走了。蜜蜂嗡嗡地说:"棉花开花,白搭白搭。开吧开吧,开吧开吧。"棉桃在层层叠叠的棉叶下探出脸来,咧开小嘴透着气,笑。

过了八月十五,风就越来越爽。

很多草愿意长在棉花地边。稗草结完了它的种子,谷莠子摇着它的叶子,洋茄子挑出一嘟噜一嘟噜紫黑的珠子。风中的棉桃开始恣意怒放,黄河口大地上,一片白色的海洋,咋也望不到头。

秋风一天凉似一天,大地一年的劲使完了。棉桃开始大喷大喷地炸絮,这是娘最欣喜的日子,但也是她最着急的日子。姐姐出嫁了,爹刚去世,我正为高考拼搏,这一地的棉花,开得让娘有点措手不及。其实不光我们家，这阵子村子里家家户户的棉花都拾不迭。一九八五年的棉花，收成想不到的好。仿佛约好了一样，一夜之间，桃子一下子就开了，如神祇，如会盟，雪白一片，暖天暖地。

周末我骑着自行车从利津二中回家，一路经过韩家垣子、三合屋子、草洼子，路两边全是棉花地。生命的长途中，一路棉花盛开。在这条用母爱修砌的路上，棉花是人间最丰盈、最温暖的一种花。

小脚床，拾棉花

到村头时已是傍晚，碰到东邻魏九奶奶，她说地里棉花都白得拾不过来了，你娘可能还在西大井拾棉花，家里锁着门。我骑上车子赶到西大井，尽管有月光，但野地里黑魆魆的，只看到了我家的地排车，看不到娘在哪里。"娘！"我朝着棉花地喊，棉花地没有反应。我有点害怕，扯开嗓子又喊："娘——""哎！"终于听到了娘的声音。淹没在棉花地里的娘，慢慢直起身子，又弯下腰去。我老远看到娘佝偻着腰，两只手在一个个棉桃上快速游走，一个包袱系在娘的腰上，鼓鼓囊囊的，拾到地头，娘把棉花倒在棉堆上，清冷的月亮望着娘，也望着白白的棉花。我把棉花装上车，在前边拉着车，娘推着自行车跟在后面。我说，地排车这么沉，你咋拉来的？娘说也沉不到哪里去。你咋不借个小推车呢？娘说家家都忙啊。我说，娘，这个学我真上够了。娘说，傻孩子，可别这么没志气，也对不起你爹。明年高考，上了这么多年的学就要有收成了。你考上学，用今年的新绒子给你做床新被子。

没办法，我跟班主任又请了几天假。在我干过的农活里，拾棉花算是一种不算太累的活。感觉生产队时，棉花棵并没有这么高，分田单干后，棉花好像疯了一样，现在已搭到了我的胸脯。高高低低的棉桃上露出的棉絮，被我一朵朵揪下来，塞进挂在腰间的包袱里。腰疼，脖子疼。我仰头看看天，天上也是一大朵一大朵的棉花，看得我想流泪。

要是人多，一边拾棉花，还能一边拉呱，不知不觉包袱就满了。我家的地紧挨着扣老姑家的，扣老姑手不停地在棉桃上翻飞，嘴里念着那支亲切的童谣——

小脚床，拾棉花

一拾拾了个大甜瓜

爹咬一口，娘咬一口

一下子咬着孩子那手

孩子孩子你甭哭

赶到集上我给你买个哈楞鼓

哈楞鼓上俩小孩

也会打呱也会玩儿

……

卖个棉花这么难

棉花,是上帝的赠品。有了这赠品,人的心里暖和多了。而这赠品,并不是哪里都能得到。作为退海之地的黄河口,一直是让上苍眷念的。

从二十世纪八十年代,农村实行联产承包责任制后,棉花一直是鲁北种植面积最大的经济作物,为农民解决温饱、摆脱贫困立下了汗马功劳。棉花收了,有了油,有了暄腾腾的新棉被,有了一冬的烧柴,最关键的是卖了棉花,能够换回一沓新票子。许多人家盖屋、娶媳妇,可都指望着这些棉花呢。

我半夜一骨碌从炕上爬起来,就开始装车。一包包的棉花被我搬上车,驴把长脸拱在驴槽里,抢着在上路之前吃上几口草料。娘坐在灶前的脚床上,灶膛里的火映红了娘的脸。我把车装完了,娘也把一碗咕渣头(面疙瘩汤)舀到了碗里凉着。我说太早了吃不下,等回来再吃吧。娘说,不吃可不行啊,你不知道,卖棉花要排很长的队,你这时去还不知道啥时回来呢。我这才想起了报纸上老说的卖棉难,赶紧呼呼啦啦喝了一海碗,赶上驴车往收购站去。一过付窝桥我就傻眼了,卖棉花的车已压满了街。我有点着急,卖了棉花,下午还要赶到陈庄去上晚自习呢。我又往前挤了挤,前边一个小青年抽了我家驴一鞭子,急啥?抢孝帽子戴吗?一句话把我的火腾一下勾了上来,一鞭子抢过去,他的汗衫立马裂了一道口子。他一鞭子又抽过来,我左手一挡,手背上的血像一条红色的蚯蚓爬了下来,鞭梢扫到了我的眼角,火辣辣地疼。旁边一个大叔赶紧把我们拉开,说孩子们,可不能打架呀,火气这么盛还行啊。唉,卖个棉花这么难。都是他娘的收购站,我们昨晚就来了,前边望不到头,也不见动,那些操蛋的验花员还随意压级,他说几级就几级,咱老百姓就是那软柿子,谁想咋捏就咋捏。我舔了舔手背上的血吐到地上,一直到过午没离开地排车。午后,我给驴上了点草料,驴起劲地嚼着,馋得我直咽唾沫。真后悔没听娘的话再喝一碗咕渣头。我想,要是我也能吃草就好了。旁边的大叔掰了口干粮递给我说，吃吧，亏了啥也别亏了肚子。我没要，我要吃了大叔就吃不饱了。不一会儿，我就睡着了，在梦里到处找吃的。不知到了几点，那位大叔叫醒了我，说终于排到了，我把车给你赶过来的。我往大磅上提那一包包的棉花时，饿得张了几次跟头，大叔又过来帮我一包包把棉花搬到大垛上。棉花卖了，钱却没拿到，只拿到了一张白条子。大叔叮嘱我，还不知道猴年马月能拿到钱呢，可千万别丢了这白条子，不然就拿不回钱了。回到家已是后半夜，娘边给我端饭边说，都怨我，都怨我，给你捎上个干粮就好了。我把受了伤的手藏在碗的黑影里，风卷残云吃了娘做的饭，骑上车子就往陈庄赶，等到了利津二中，正赶上上早操。

打花柴是个力气活

花拾完了，河子西只剩了一地的棉花树。棉花树的叶子经过风吹日晒，慢慢干枯摇落，被凛冽的风撕成碎末，等着来年的犁铧把它们翻到地下。摘净花絮的棉花壳子，在秋阳下龇着牙。棵子变得利索、舒朗，只剩下硬硬的筋骨，繁华落尽，更显峥嵘，不动声色地回忆着缤纷的往事。棉花柴有的人干脆叫柴子。前桥村的人叫得又简洁又有诗意，就叫花柴。既然是柴，最终的命运是要走进灶膛的。但它现在还要在地里站些日子，忙着收秋的乡亲们还顾不上它们。但也不能让它们站得太久，其他活忙完了，花柴也干得差不多了，就要抓紧时间打花柴了，不然等冬天一上了冻，地邦邦硬，花柴就打不动了，就得让它们在空旷的野地里过年了。搞不好，还会耽误第二年的春耕。

  打花柴是个力气活，女人一般干不了。上高一时，娘打花柴扭着了腰，好长时间不能动。从上高二开始，家里打花柴的活就让我包了。花柴用镰削进度当然要快，但第二年耕地时那些棉花茬子会很麻烦，要费二遍事。所以打花柴时最好是连根拔起。有一种叫柴镰的农具，看着弯弯钩脚，用起来却挺得劲，使用时要弯下腰去，用柴镰从根部把花柴套住，利用咬合力，一使劲，一根花柴就会连根拔起，柴根上会带起些土。还有一种"老虎钳子"，把儿更长，人不大用弯腰，用钳口夹住花柴根，利用杠杆原理把花柴拔起来。这拔法更省劲，就是有点慢。但不管哪种拔法，都要一棵一棵地来，这样，我们家的棉花又要被我挨棵抚摸个遍。

  上高三时，我们几个同学还到八十八户村樊立家帮着打过花柴，我又炫耀了一下干农活的体能和技巧。

这几年，黄河口棉花的种植面积始终居高不下，尽管价格时高时低，但对于大多数出不了门打工的人来说，除了种棉花，也没有更好的挣钱门路。对于规模种植者来说，花柴收割真的是一件挠头的事。一到冬天，人们时常看到大片大片的花柴站在田野里。在农作物里，它们播种最早退场最晚，使命已尽，老气横秋，剩下的时光，在寒风中吹吹口哨，藏藏兔子，收留收留飘荡的雪。

娘纺线的身影是一种祈祷的姿势

一朵棉絮变成棉绒的过程，从手工撕棉花到轧棉机轧花，我都见过。脱了棉籽的棉花，我们叫绒子。虽然在公元前两千多年秘鲁的墓穴中就已发现了棉花，古罗马时代地中海沿岸已有大片大片的棉花，但棉花脱籽一直是个世界性难题。一七九三年，美国人惠特尼发明了轧棉机，把棉籽和纤维分开，引发了纺织界的革命。中国的植棉历史虽能追溯到两千多年前，但最初的棉花是作为观赏植物。作为纺织用途的棉花从明朝才开始大规模引进种植，并逐渐代替了麻丝。绒子除了絮絮棉衣棉被，大部分最终还是要被纺成线，织成布。农家织的布叫土布或老粗布。现在村里的女孩子会纺线织布的已少之又少。可那时节纺线织布是一个农家女安身立命的必修课,而且要占去她生命中的大量时光。

几千年来,男耕女织一直占据着农耕文化的中心,这种画面从《诗经》到楚辞,从唐诗到元曲,从孟郊到黄道婆,直到陕北人民唱"想起周总理纺线线",麻线也好,棉线也罢,纺线织布一直延续着一种小农的温馨。

"七月流火,九月授衣……十月蟋蟀入我床下。"唧唧唧唧,声音清脆辽远,从童年开始一直到现在敲击着我的耳鼓。我找促织,去灶窟里找,去八仙桌下找,都没找到。促织还是一个劲地叫着。我跺了跺脚,促织不叫了,娘说,小兔崽子,你踢蹬啥?好孩子是不能逮促织、掏燕子的。一个好人家,不能少了燕子、促织。坏人家里,燕子、促织连待都不待。

脱了棉籽的棉花在纺线之前先要弹一弹,棉花弹得越"熟",越匀挺,绒子就越好使。娘撕一块又柔又软的绒子,在面板上铺平,用秫秸梃秆一搓,一根布几(棉条)就出来了。这个活我早就学会了,可真想去纺线,娘却不让了,说那是女孩子的活,男孩要有个男孩的样儿。男孩啥样儿呢?那天姐姐纺线纺累了,我就盘腿坐在纺车前,一上来就把布几缠到锭杆子上了。姐姐把线倒出来,教我怎样左右手配合。一会儿,我就找到了门道。

右手摇着纺车，左手捏着布几，尽量往后拉，扯出的是细细的棉线，然后右手摇动纺车稍稍倒转一下，左手揪着棉线从锭杆子尖上卸下来，小拇指勾着线一扬，把线绕到锭子上，跟变戏法似的。这是多么神奇的事情啊！你不停地扯动布几，粗细均匀的棉线就源源不断地吐出来。多少年了，河子西的棉花生生不息，纺车的絮语滔滔不绝，布几里扯出的暖意绵绵不断。

漫长的冬夜，不眠的纺车声永远是前桥村最美的小夜曲。嗡嗡的纺线声中，妹妹念着童谣：

织，织，织笸布

谁会织，娘会织

花花线，倒过来织

我才不那样念呢，那是女孩念的，我是男孩，我喊：

嗡——嗡——

纺细线

给貔猴子缝腚眼

缝貔猴子腚要咋着缝？不知道。一个穗子到底要缠多少圈线，谁也没数过。锭杆子上慢慢长出了一只梨。娘纺线时一根布几接一根布几，煤油灯如豆的灯火把娘手摇纺车的身影映到墙上，纺车在墙上不住地转啊转，但它的影子永远飞不出那面墙。娘劳作的身影，是一种祈祷的姿势。娘一边纺线，一边让我们猜谜：

一只鸟，八根翅
越飞越有劲
……

这只八根翅的鸟，在一个个冬夜里不倦地飞。多少个夜晚，我一觉醒来，纺车依然在嗡嗡地唱。天亮时，几个梨样的线穗子趴在针线笸箩里。

唧唧复唧唧

娘纺出的线还要再经过几次倒腾，先要用尺八长的梃秆绕一遍，叫作"穗子"。再要在桄上"桄"一遍，还要在"枸子"上捞一遍，线变得越来越熟，越来越结实。牵机，刷机，浆线，这些活需要集体作业，当听说谁家要牵机刷机了，不用叫，东邻西舍的妇女们就自动聚了来，和平媳妇、大葵婶子就边干着活，边家长里短地聊上了。当娘把浆好的线装到织布机上时，一根棉线已经找不到它来时的路了。

一九八二年，我上初二。暑假里，家里的八仙桌被抬了出去，炕下几乎全让给了一台织布机。此后的日子，哐叽哐叽的织布声日夜响起来，累得娘胳膊都抬不起来。我心疼娘，又对织布好奇，有一天娘上了坡，我手痒痒起来，把暑假作业一扔，爬到织机上，开始试着织布，刚扔了一下，就把梭子里的线扯断了，我接上线头，又试了几下，手脚配合，慢慢找到了窍门——右手把梭子扔过去，左手接住，一只脚把踏板一踩，右手顺便把板综拉过来，哐，一根纬线被织进了交错的经线上。右手推出板综的同时，左手的梭子又扔了过来，哐，又一根纬线被织了进来。五颜六色的经线上，梭子来回奔跑，布匹一点点增长，像一片不断伸展的彩霞。那个下午，唧唧复唧唧，小儿当户织，机杼声一直响到傍晚。娘从玉米地里回来时，望着她的小儿织出来的一大卷布，那种惊喜，我一辈子忘不了。

纺车嗡嗡，唱白了娘的头发；织机声声，催老了娘的容颜。这些年，我们穿的衣服，历经一次次的更新换代，穿过了化纤的、貂绒的、羊绒的、兽皮的，现在好像又开始回归,喜欢上了纯棉的。鲁北有些地方,把棉花叫作"娘花"。第一次听到这个名字,我心头就颤了一下——怎么起了这么贴切的名字,或许,只有叫娘花,才能最确切地表达这种植物与娘密不可分的关系。良女为娘,人世间最好的女人就是娘。

娘生命的最后几年,得了尿毒症。即使在透析的间隙,她仍然开荒种了几亩棉花,说是要收了轧些新绒子,准备给孙子娶媳妇做被子。我在医院陪床时,娘还说起我上初中时,趁她上坡,我在家里偷着织布的事儿。

为了娘就近透析方便,我在县计生局院里租了一套平房。我在县府办上班,晚上老是加班到十一二点,每次回家时我都要去看看娘。前面院门锁着,屋里黑着灯,想喊又怕惊扰四邻,就转到院子后面。娘就住在这个小坐屋里。灯还亮着。娘,我叫了一声。唉!娘答应得那么痛快。咋还没睡?没啥事吧?没事,放心吧。干啥呢?撕棉花呢。你回去睡吧。

我骑着自行车,独行在午夜的街头,昏黄的路灯光像陈年的棉絮,一路护送着我。

娘花，我娘到哪里去了

在外工作了二十多年，我仍然喜欢回老家，喜欢睡老家的土炕，喜欢听窗台下娘纺线的声音。家里有了这种声音，就会暖意充盈。有时我明明听到了纺车的嗡嗡声，可当我睁开眼，又到哪里去找寻我娘慈爱的身影？

现在，只有我在这河子西拾棉花。娘花娘花，当我翘起舌尖发出这两个音时，一种别样的暖意漫上来，关于棉花温情的记忆就像娘线穗子上的棉线，源源不断地冒出来，咋也抽不到头。脑海里忽又飘过齐白石的《棉花图》，静静细思着"花开天下暖，花凋天下寒"的题款，手里捧着一捧棉花，像捧着一只纯白的飞鸟，无比的柔，无比的软。

棉花，天生仁爱，暖佑众生。我温暖的、温软的、温和的充满母性的棉花呀！

娘离开了这个世界，到天国种棉花去了。西大井的高处，一株棉花像个没娘的孩子，耷拉着断枝，孤苦地站在寒风里哭。老屋里已久不住人，炕上堆满了嫂子拾来的棉花。我的思绪，像被儿猫耍乱了的线团子，理不出个线头来。棉花棉花，我叫，它不答应；娘花娘花，我又叫，它还是不答应。那个冬天，彻骨的冷。

后记 生命的根部

一直到十八岁,我都和庄稼相拥而眠。我在黄河口一个叫前桥的小村里觅食。我生命的根须,深扎在前桥村的泥土里,就像《故乡少了一根肋骨》中说的:"我不是没有出走的企图/可我只要一拔脚/就会带起一大把根须。"

我像熟悉自己一样熟悉黄河口的庄稼,它们是我——生命的根部。

草桥沟畔玉米的拔节声,儿乖子的鸣叫声,至今仍然在敲击我的耳鼓。我喜欢,或者不喜欢,那些青草的香味依然拱得我鼻子发痒。从河里洗完澡上来,我把短裤远远地扔向荆条棵,正好挂在最高的那根荆条上。沟里沟外,百鸟欢唱。红柳枝上,我的青春正振翅欲飞。

一茬茬的庄稼,一辈辈的人,来了又去了。在离开故乡远足的日子里,我常常怀恋河子西那些露珠盈盈的庄稼,尽管当初超强度的劳作曾经使我仰天喟叹,但人到中年,喜欢怀旧。玉米那风情的绿腰，谷子那温柔的长穗，花生那悄然私奔的子房，大豆那支棱起的耳朵，想想都让我激动不已，我试着把这种激动传导到笔尖上来。

或许叙述和抒情都不是我的长项，但对故乡庄稼的挚爱是我的长项；或许博学和深厚我都难以做到，但对一片土地的忠贞我做到了。因笔力不逮，视野狭隘，这本书的行文有点仓促，格局不够高远，有负读者厚望，但总算把这个小活儿绾了一个扣。

在写作过程中，东营市作协主席陈谨之先生给予了我特别的关爱；李掖平导师一直关怀、鞭策着我的写作，并提醒我写干净的文字，出干净的书。山东文艺出版社杨智老师为本书的编辑出版辛勤付出。工笔画家孙晓光先生一遍遍阅读本书、一次次到庄稼地里写生，为本书画了精美的插图。诗人马行、作家周建功老师组织文友搞了一场郭立泉庄稼散文研讨会。2016年中秋，张建光约我高中同学又举办了一场"相约葵园·月满华滩"散文赏析会，包括来自大连、新疆的几十名同学共度了一个激情浪漫的文学之夜。在此，对关心本书出版的师友深表感谢！

深情回眸，向黄河口那片庄稼，向河子西那片多情的土地，向我生命中所有的偶遇和相约致敬。人生苦短，岁月流长，在草桥沟边，继续捡拾晾晒在记忆滩头的那股浓浓的苦味，连同当年那迷茫而真切的心事、遥远而热烈的爱情。

来吧，我已举起性情的杯盏！——常怀感恩之心，常写率真之文，常饮欢聚之酒。

你有桃花十里，我有田禾三畦。花间老酒一壶，我在水边等你。

原载

《黄河口的庄稼》发表于《山东文学》。

《最是那一低头的温柔》发表于《齐鲁晚报》,并获第二届全国网络文学大奖赛散文奖。

《田畴中你柔媚的身姿》发表于《青岛文学》。

《地里站着的是我娘》发表于《散文百家》。

《大地上那片摇曳的风情》发表于《时代文学》。

《蛙鸣一直喂着我的耳朵》发表于《山东文学》。

《我数数你长了多少只耳朵》发表于《鹿鸣》。

《你是水做的身子》发表于《山西文学》。

《暖我一生》发表于《滇池》。

《草桥沟》发表于《红豆》。

图书在版编目（CIP）数据

黄河口的庄稼 / 郭立泉著. -- 济南：山东文艺出版社，2019.12

ISBN 978-7-5329-5948-8

Ⅰ.①黄… Ⅱ.①郭… Ⅲ.①散文集—中国—当代 Ⅳ.①I267

中国版本图书馆CIP数据核字(2019)第210803号

黄河口的庄稼
HUANGHEKOU DE ZHUANGJIA

郭立泉　著

主管单位	山东出版传媒股份有限公司
出版发行	山东文艺出版社
社　　址	山东省济南市英雄山路189号
邮　　编	250002
网　　址	www.sdwypress.com
读者服务	0531-82098776（总编室）
	0531-82098775（市场营销部）
电子邮箱	sdwy@sdpress.com.cn
印　　刷	山东新华印务有限公司
开　　本	890毫米×1240毫米　1/32
印　　张	7.5
字　　数	200千
版　　次	2019年12月第1版　2022年4月第2版
印　　次	2022年4月第2次印刷
书　　号	ISBN 978-7-5329-5948-8
定　　价	49.00元

版权专有，侵权必究。如有图书质量问题，请与出版社联系调换。